雨夏蟬鳴

AUTHOR | 柳孝眞　　ILLUST | 飄緹亞

雨夏蟬鳴

與你纏綿

柳孝真

飄緹亞／畫

雨夏蟬鳴

目錄

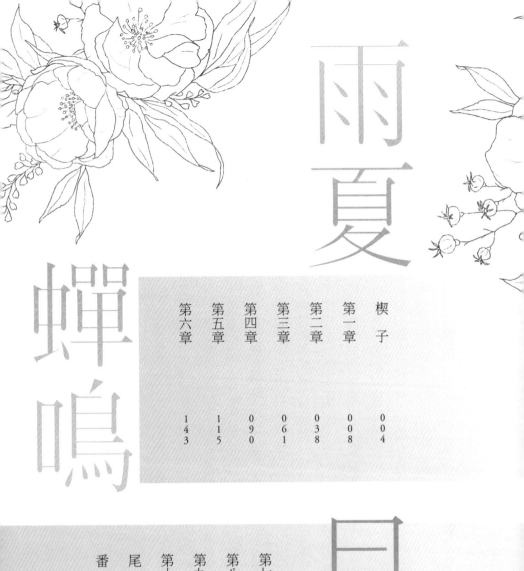

Author.柳孝真

楔子

凌晨的二輪電影院外，偏僻昏暗的停車場裡有兩抹人影糾纏於其中。

辜詠夏用精實的胸膛把江成允強壓在車門上，激烈地吻咬著對方發腫的紅唇。四片炙熱的唇瓣正互相索求，空曠的停車場中，迴盪著兩人微喘的氣息。

辜詠夏漆黑如夜的雙眸倒映在江成允帶點褐棕的瞳孔上。月光似金粉般灑落在辜詠夏背上，他黑色的髮絲暈著微光，彷彿是滿月裡的一匹孤狼。

兩人唇齒交疊，江成允被吻得快要缺氧，傻愣得一時站不穩。辜詠夏伸出手臂，一把扶住江成允癱軟的腰，略為粗糙的手掌不由分說地扣住他的下顎，手指順勢撬開那微張的嘴。

辜詠夏確定這個動作，是最能將舌頭伸進對方口腔的絕佳角度。

驚覺對方把舌頭伸進來，江成允本能的反應就是閃！

但礙於不遠處的角落有道緊迫盯人的視線，江成允只好在叫天天不應，叫地地不靈，叫阿爸沒回音的情況下假裝抬手，輕撫上辜詠夏的頸肩，害羞地回吻著。

過了一會兒，直到確定隱身在附近卡車後方的人影消失，江成允才猛力推開辜詠夏，從他懷裡掙脫出來。

辜詠夏頭戴著繡有潮牌字母的棒球帽，也被江成允推拒的反作用力推落在地。

「夠了吧你！居然還伸舌頭！！」

江成允睜眼就看到辜詠夏用手背抹嘴，還露出快吐了的表情，方才被吻的嬌羞神態早已不見。

「你太大聲了。」

辜詠夏撇了一眼彷彿害羞被沖進馬桶的江成允，撿起帽子，拍了拍上頭的灰塵後戴上。

「反正狗仔已經走了！」

江成允吹鬍子瞪眼，沒好氣地說。

要不是剛剛有狗仔在偷拍，否則要他乖乖給人親……作夢！還舌吻呢！

「哦？」辜詠夏聳了聳肩，透出微微嘲謔的哼笑，「之前不知道是誰說既然要假裝交往，那不管台上台下，這場戲都要演好演滿？」

「滿你大頭鬼！」

「反正又不是第一次演吻戲，有必要抗拒成這樣？」辜詠夏挑眉，不解地問道。

沒錯！江成允是演過很多吻戲沒錯。可是他演的都是君子之吻，就算有激烈的吻戲也是靠借位，或者頂多含嘴唇、做做樣子。讓別人把舌頭伸進自己嘴裡，或是把舌頭伸進別人嘴裡亂來什麼的，剛才還是第一次！

「要、要你管！演舌吻是要先溝通的，你也沒事先通知我你要伸舌頭。你這個變態、噁心、下流、無恥、沒職業道德的傢伙！」江成允紅著臉，一時間反駁不了就氣得亂罵一通。

「你演小清新很久了，我看是時候該演演別的了，畢竟外界也期待我們有『新進展』嘛。你說是吧？」辜詠夏舔了嘴角，強調「新進展」三個字。

「我還不需要你這替身演員教我怎麼演戲！」

「是是是，江大影帝。是我冒犯了您的專業，我道歉。」辜詠夏無視江成允的敵意，只是敷衍地道歉，並禮貌地替他拉開車門問：「可以上車了吧？」

江成允馬上朝辜詠夏翻了一記白眼，不情願地坐進車裡。

氣死了，真想狠狠給這自大的傢伙一記拳頭，不過想想，還是罷了。雖然他自認體格不差，但要論拳頭，是絕對贏不了習武出身的辜詠夏。

幫江成允關上車門後，辜詠夏鑽進駕駛座，發動引擎。他單手熟稔地操縱方向盤，沒一會兒，銀色烤漆的低調跑車便俐落地倒出狹窄的停車格，緩緩地滑出車道。

要價不斐的跑車平穩得宛如懸空飄移，江成允坐在一旁的副駕駛座上，心裡不得不承認辜詠夏的開車技術確實好得沒話說。他有些鬱卒地滑手機，檢視明日拍戲的日程，不料才沒幾分鐘，就收到經紀人傳來曖昧的笑臉貼圖及一串新聞連結。

點開連結，果然是他與辜詠夏私下電影約會的新聞，而且貼的還是剛才在停車場被他強吻的照片。

新聞的標題聳動：『**夏成ＣＰ深夜基情、停車場熱烈舌吻！**』

圖片中，更將辜詠夏把舌頭伸進他嘴裡的一瞬間拍得一清二楚！

第一章

「哎喲！妳快點，要來不及打卡了！」

「等下一個！黃燈在閃了啦！」

早上八點五十二分，熙來攘往的上班日早晨，世貿市區的十字路口充滿了濃濃不甘願的氣息。兩個剛成為社會新鮮人的女孩衝出捷運站出口，急忙穿過瀰漫著星期一症候群的通勤人潮。

所謂的星期一症候群，是指從星期一鬧鐘響的那一秒開始，人們的肩上彷彿扛著千斤石、猶如鬼魅纏身、心情抑鬱難言，全身散發著萬劫不復的氣息。

路口號誌閃爍，女孩們還是被紅燈攔住了腳步。

「嗳，妳看！妳看！是江成允最新的電影廣告耶！」

其中一個女孩雀躍地指著影城外牆，橫跨兩間店面寬的廣告驚呼。

「真的耶！好帥喔！連上映日期都定了。」另一個短髮女孩也跟著讚嘆，接著遲疑了半晌說，「不過他的新電影不是還沒拍完嗎？」

「哎呀，人家是影帝嘛，當然要先卡檔期啊！」女孩邊說邊掏出手機，對著廣告一股勁地狂拍。

江成允，是現在亞洲當紅的實力派小生。

六歲以童星身分出道，演藝資歷二十年，參與過的戲劇演出近達五十部。他成熟中摻夾著些微稚氣的外表、和與年齡不符的老練演技，擄獲了半個亞洲圈的女性同胞。從吸毒的壞壞不良少年到患有阿茲海默症的痴情人夫，情感收放自如，演繹層次豐富。

電影廣告上的江成允留著一頭鐵灰色的短髮，五官比例精緻，羽扇般的睫毛和微微上揚的嘴角營造出一股冷調陰鬱的氣息。一襲緊身T恤搭配黑色牛仔長褲，鑲著金屬釦環的深藍色軍靴完美襯托出纖瘦緊實的身材。

「他這次在警匪片裡冷冷的造型真的超帥！對了對了，你知道嗎？上次他在直播的時候，因為我留言說家裡在山上很冷，他還特地回我要多喝熱水耶！我超高興的！」

「真的假的？他會回粉絲留言喔？意外的是暖男耶～」

「對啊！他私底下人超好的。」

兩個女孩望著海報，興奮地江成允長、江成允短地討論著，分毫未留意到站在旁邊，一身簡單連帽衣的男子染著一頭與電影廣告上的人一樣的髮色。

「我說你的車到底停在哪裡？我已經走到影城這裡了，還是沒看到你。」

江成允壓低聲音，厲聲詢問電話裡的經紀人。他看了看身旁只有離幾步距離，又叫又跳的女孩們，皺起好看的眉毛，順勢瞄了一眼牆上放著自己身影的斗大廣告，江成允下意識地把口罩又拉高了一些。

口罩上緣包覆的鐵絲沿著鼻梁，彎拱出一道優美的弧線。

『百貨旁的市民大道啊。』

楚安安坐在車裡，將電話轉成藍牙接聽，空出的手開始修磨起指甲。

等等把江成允送到片場後，他要跟他的男伴來個午餐約會，保持乾淨有形的指甲是身為一個紳士約會的基本守則。雖然，他現在穿著窄裙。

「市民大道那麼多條！你幹嘛不直接停在影城前面的市民大道？」

江成允瞇起棕色的眼眸，帶著一絲怪罪的語氣嘖了一聲，不耐煩的口氣與他在螢幕前展現出來的陽光、大方的氣質形象完全不相符。

『先生，這裡不能迴轉好嗎？百貨公司跟影城就在對面，還請您高抬貴腳，過個馬路就看得到我了。我停在這邊，感恩您的配合。』

聽到對方如此不耐煩的語調，楚安安並不感到驚訝。身為江成允的表哥兼經紀人，他早就知道自己表弟其實超、嬌、貴。

「好麻煩！」

江成允又抱怨了一句，視線越過車流，朝對面的車道搜尋，果然看見楚安安降下車窗對他揮手。

『我說啊，你的粉絲知道你個性這麼差應該會幻滅吧？』

「管他的，沒有人在乎真實的我是怎樣的啦。」江成允偷看一眼斜後方的女孩們，聳聳肩。

女孩們還在討論著「我覺得江成允他如何如何」的話題，不過大約有九成的內容都來自於她們的腦補妄想。

『這句話聽起來怎麼有股淡淡的哀傷？』

「你想死嗎？」

『總之你先過馬路吧，不然十點要開拍了。』

「嘖。」

信號由紅轉綠，江成允掛上電話，就在他邁開大步往前走時，後方的女孩們卻忽然發出尖銳的呼喊，叫聲劃破星期一早晨死氣沉重的氣氛。

「啊——啊啊啊！搶劫啊！搶劫！」

「搶劫啊！我的包包！」

原本走在人行道上亂中有序的人群，因為女孩們的尖叫聲而混亂。

「搶劫？」

江成允直覺地回頭，尚未意識到發生了什麼事，肩膀竟冷不防地被一名戴著工地帽子的男子重重撞了一下。江成允和男子分別跌在斑馬線上，手機也噴飛出去。

「噢，好痛……」

江成允坐在地上喊痛，正巧與搶人的男子正眼相望。搶匪也像是受到驚嚇，胡亂抓起周圍四散的幾樣東西，翻身拔腿就跑。

江成允發現搶匪撿走的是自己的手機，心裡一陣慌亂。

這年頭，手機可比人命還重要，更何況江成允的手機裡藏有許多演藝圈裡不能說的祕密！LINE的演員群組裡全是高價值的八卦。

「噯！手機！我的手機！」

Shit！這混蛋什麼不撿，偏偏撿手機！

江成允心中激昂。此時的他也顧不得痛，著急地高喊直追。

「不要過來！」發現有人追來，搶匪焦急大叫。

「那你把手機還我啊！」

江成允與搶匪奔馳在斑馬線上。江成允靠著一百八十公分身高腳長的優勢，沒幾步便縮短與搶匪的距離，就在江成允一躍，撲抱搶匪並摔進馬路分隔島的瞬間，燈號切換。

分隔島兩旁的車陣開始高速流動，搶匪不顧從兩側呼嘯而過的車群，企圖把江成允推落至車道上。兩個人在分隔島上扭打在一起，江成允的口罩也被扯落。

面對突發事件，停在對向的楚安安一時也呆了。他愣了愣，趕忙跳下車，連車門都忘了關。

「小成！！」

楚安安心急如焚地想趕上前，無奈眼前的車流像水閥壞了的水流，毫無間斷的跡象，他前進不了，只能先打電話報警。

江成允不虧正在拍攝警匪片，手腳也算有點功夫，跟胡亂揮拳的搶匪比起來還是略勝一籌。而搶匪被江成允困在分隔島上進退兩難，眼見自己打不過，居然來陰的。

他抽出小刀往江成允臉上揮。

一看到利刃朝自己襲來，江成允下意識為了保護臉皮，一個分神，竟被搶匪反架住脖子，成了弱勢的一方。

被搶的女孩終於發現在分隔島上糾纏的人影來頭不小，於是發出不可思議的驚叫。

「天啊！那不是江成允嗎？」

「真的嗎？」

「就是那個最年輕的影帝？」

「不會吧？他被挾持了嗎？」

「這在幹嘛？在拍片？」

隨著女孩的叫聲，看熱鬧的路人驚訝聲此起彼落。

「你不要衝動！」楚安安將兩手的虎口抵在嘴邊放聲勸戒，「有話好說！」

眼看交通號誌即將變換，馬路對向的人隨時可能會夾湧而來，搶匪的情緒陷入極度恐慌，手抖得控制不了持刀的力道。刀鋒一點一點陷進江成允的頸部，溢出滴滴黏膩的鮮紅。

好奇的人群漸漸往楚安安的方向聚集。車輛的引擎聲完全蓋過楚安安的聲音，只是搶匪也聽不進任何勸語，不知他是害怕還是緊張到顫抖，透過鋒利的刀尖傳遞到江成允的頸部肌膚，劃出長長的裂口。

隨著江成允的身上染了更多的血，意識到並非在拍攝的眾人也爆出更高分貝的叫喊。

然而此時，江成允卻忽然身子一軟，整個人癱在搶匪懷裡，兩腳猛烈地抽搐起來，喉嚨還發出宛如變成喪屍般的詭異低吟。

搶匪大吃一驚，低頭一看，才發現自己挾持的人質已經滿身鮮紅。

「……救我……救……」

只見江成允不但沒在掙扎，反而使出比搶匪還重數倍的力道，一手用力掐住搶匪的臂膀，一手抓著胸口，喘起粗厚的氣息。

「心臟……救我……救、我……」

江成允持續抽搐著，做最後的求救。他的嘴角溢出白沫，原本有神的雙眼轉為空洞，一雙手緊緊扒住搶匪，彷彿他是急流中的最後一塊浮木。

「嚇啊！哇啊啊啊啊啊啊！」

心臟病發劇烈的反應及瀰漫於空氣中刺鼻的血腥味，讓江成允宛如一具真實的喪屍，嘴裡發出恐怖又含糊不清的聲音。

搶匪一瞬間慌了手腳，此刻換他極力想擺脫江成允的束縛，他害怕地連推帶踹，急著把他踢走。誰知道江成允一脫離搶匪的箝制，立刻恢復正常，想趁機拾起自己的手機。

看見眼前的人突然恢復成正常的樣子，搶匪才驚覺自己被江成允的演技騙了，霎時惱羞成怒地緊握刀柄，怒吼一聲，直直往江成允身上刺去。

瞬間暴怒的搶匪讓江成允措手不及，只能緊閉雙眼，準備承受接下來發生的事情。

儘管江成允知道自己還很年輕，今天下午預訂的新口味披薩也還沒吃到，為了一支手機，不明不白地被刺死在大街上真的非常愚蠢，而且死在街頭這一筆，絕對會成為他維基百科裡不可抹滅的事實。

不過，過了幾秒，江成允並沒有感受到預期的痛楚，反倒聽見搶匪像殺豬一樣的慘叫聲。

「啊啊啊啊啊啊！！手、手！我的手、媽啊！」

江成允不曉得發生了什麼事，戰戰兢兢地睜開眼睛。

砂塵的微粒與汽油的化學味充斥在周圍。

一台暗紫色的重機橫在他眼前，重機的前輪騎跨在安全島上，將江成允及搶匪分隔開來。而搶匪手裡的刀刃不偏不倚地刺入了重機的後座椅墊裡。至於搶匪本人則被重機騎士反手拎起，他的手臂以極度不符合人體工學的角度彎曲著，直到搶匪的肩膀發出清脆的喀嚓一響。

騎士低哼，以懸殊的力道把搶匪一把扔在地上。

搶匪抱著變形的肩膀滾在地上哇哇大叫，不過江成允自動忽略搶匪的叫聲，耳朵裡全是騎士低沉有勁的音頻。

騎士轉頭，戴著特製皮套的右手挑開安全帽的護目鏡，看了江成允一眼。

「喂！上車！」

騎士的聲音穿過全罩式的安全頭盔，聽上去很沉悶，卻十分有磁性。掀開的護目鏡下露出稍偏細長的雙眼，他的左眼瞼正下方有一點宛如淚珠的小痣，貼身的風衣展現出男人鍛鍊後結實的身形。

「……」

江成允盯著年輕騎士有如深墨的雙眼，頓時沒了聲音。

今日的天，碧藍得彷彿用清水洗過一樣。陽光穿過如棉絲的白雲，點綴在空氣中。

他的心臟，似乎有那麼一瞬間忘了跳動……

「上車！你想被人包夾嗎？」

年輕騎士不悅地提高音量催促著。江成允猛一回神，看見信號由黃燈轉成紅燈，兩側的車速漸漸緩下。

對街的楚安安擺出手刀衝過來，原本旁觀、看熱鬧的幾名群眾也跟在他身後一擁而上。

江成允連忙從地上站起，一邊撫著脖子，狼狽地爬上機車後座。

這時，騎士卻脫下安全帽及風衣，二話不說，把安全帽套在江成允頭上。

「……你太顯眼了。」

騎士微微呢喃，接著迅速替江成允扣好風衣。

「走了。」

「……噢、噢……好。」

江成允還來不及講出完整的回答，騎士便已催動油門，載著他揚長而去，只依稀在一串引擎聲中聽見警車的鳴笛聲，和楚安安雷霆的怒喊。

「你這賤人，如果不賞你一丈紅，老子就不姓楚！」

楚安安躍起，一屁股坐在搶匪的肚子上，滿身強壯的肌肉壓得他喘不過氣。與男伴的午餐約會注定泡湯了，楚安安把怒氣全往搶匪身上堆。

搶匪被壓在地上苦苦哀叫，手臂已經爆痛了，居然又有個帶把的男大姊跨坐在自己身上，令搶匪瞬間有想咬舌自盡的衝動。

他不敢再搶了！真的！

這次是男大姊，誰知下次會是什麼！

◎　◎　◎

「你能不能換別台？這新聞到底有什麼好看的？」

江成允躺在休息室的沙發上，怒瞪著死活不讓他轉台的楚安安。

『記者現在的位置，就是影帝江成允先生早上被搶匪脅持的位置。大家可以看到，分隔島的這個部分還留有當時的血跡。本台稍早也獨家與江成允的經紀人取得聯繫，經紀人表示，江成允這次能夠順利脫困，全要感謝見義勇為的路人幫忙。』

二十四小時播放的新聞台，幾乎每十五分鐘就報導一次江成允遭挾持的事件。楚安安新聞一台轉過一台，就是硬要看江成允演喪屍的片段。但新聞台播放的影像多半是路人隔岸觀火時用手機錄下的，影像小，又不清楚。

「我在欣賞你的演技啊！果然一般群眾的手晃得很嚴重……」楚安安邊看邊發表觀賞感言，「我覺得你演得不錯耶，下次有這樣的戲約，我可以考慮幫你接。說不定能打開新世界大門，你說是吧？」

「不用了，謝謝。」

對於楚安安惡趣味的挖苦，江成允只是翻了記白眼，手伸向桌上冒著熱氣的茉莉花茶。

說實在，用演戲來嚇退搶匪是他臨時想到的，多虧他這陣子拍攝警匪片的緣故，對歹徒的心理層面多少有涉獵。

歹徒與人質的關係非常微妙，雖然歹徒在挾持時看似位居上風，而人質處於弱勢，但兩者其實互相箝制。歹徒擁有人質的同時，人質也擁有歹徒。歹徒利用人質的身體健全與否來換取無罪或自由，因此相對的，一個帶著傷殘的人質就失去了成為談判籌碼的可能性，對歹徒而言就只是包袱而已。

他只是把人質受傷的這段過程再詮釋得戲劇化一點罷了。

江成允百無聊賴地躺在沙發上，傳了幾張露齒微笑的自拍照到ＩＧ，例行公事般跟粉絲們報平安，腦海中卻不停閃過早上那位重機騎士的身影。

一想起這件事，江成允心裡就不平靜……

騎士急促地朝護理師高喊。

「護理師！麻煩了！」

幾乎在重機停在醫院急診室前的同時，江成允就被一股不容分說的強勁力道扛下車。

他的身軀緊貼著騎士寬闊的胸膛，即便隔了好幾層衣料，仍舊可以感受到騎士紮實的體溫，和他身上溫暖的味道。

褪下風衣及安全帽的江成允被安置在臨時推床上，幾位護理師發現江成允的身分，二話不說，趕忙把他送進急診室。

經過幾分鐘的包紮處理，江成允再次跨出診間大門。

他忍著脖子上的痛楚在走廊上張望，一雙眼珠來回穿巡在傷患濟濟的急診室中，迫切地尋覓那寬闊的身影。

騎士早已離去。

但江成允不言棄，他匆匆走到急診櫃檯。

「……您好，請問有沒有看見剛剛送我來的男生？」

江成允急切不安地詢問櫃檯志工，聲音緊張到有點走調。

「您是指那位胸前掛著墨鏡的男士嗎？」

「對、就是他。」聞言，江成允激動地點頭。

「沒有耶！他看你進診間後，好像就離開了。」志工回道。

「好像？」得到含糊的回答，江成允不禁提高音量，「你們沒有讓他做些紀錄或留下什麼聯絡方式嗎？」

「嗯……這個嘛……」志工思考一陣子，翻了翻電腦旁的資料，解釋說，「因為你的外傷一看就知道並非意外，而是人為的傷害，所以我們第一時間是通知轄區的警方……之後就沒有看見那男生了。」

「那我可以調閱急診室門口的監視器嗎？」

江成允皺起眉頭，整個人俯趴在櫃檯上焦慮地問。就算人離開了，要是監視畫面有照到車牌號碼就還能找到他。江成允暗想。

聽見江成允的疑問，志工卻面露難色：「江先生，若要調監視畫面，必須由警方提出申請，再由院方考慮是否提供，畢竟其他病患有就醫隱私……我們不方便主動提供……」

「喔，這樣啊……」

得知如此答案的瞬間，江成允的腦袋一下子冷卻下來，彷彿失去生氣。他垂下好看的眼瞼，雙肩顯得十分頹喪。

「那個……如果有檢調的執行令，院方是有義務配合檢調的。」看江成允一臉消沉，志工勉為其難地補充了一個辦法。

「沒關係，謝謝您。」

「江先生，你在這裡先坐一下吧？警方跟你的經紀人就快來了。」

江成允客氣地微笑，揚起的嘴角洩漏一絲失落。

急診室裡充滿為病痛所苦的患者，大家都自顧不暇，沒什麼人理會江成允，頂多經過時看他幾眼。

志工走出櫃檯，挪了張空床給江成允，替他拉上掩目的布簾。

江成允坐在與外隔絕的小空間裡，看著簾外來來去去的人影恍惚地發呆。

在他的記憶裡，似乎也發生過類似的事情。

久遠的某個夏天，他曾經也和今天一樣，急於找尋一位幫助過自己的人，可是……那個人就像夏季裡潑灑在柏油路上的水一樣，沒一下子便蒸發無蹤，怎麼找都找不到。

有時候江成允甚至懷疑，那個人只是他的一場錯覺。

被盛夏熱意蒸烤後的錯覺。

之後楚安安與警察趕到，江成允做了簡單的口述筆錄就回來了。

他非常想再見那位年輕的騎士一面，想當面道謝。不過無論他怎麼詢問，楚安安和警方都表示沒有接到相關的任何獲報或聯繫。

該怎麼樣才能在再見到那位年輕的騎士呢？

江成允眨了眨眼，思緒回到眼前的手機，心神不寧地滑著ＩＧ、ＦＢ，把自己的ＬＩＮＥ、推特，能看的社群全都看了一遍，就連奇奇怪怪的交友推薦，或是根本就不可能認識的「可能認識的人」都點了一輪，期待在這四通八達的網路世界中，找到那麼一絲與那位騎士相識的可能性。

從四十年前的六度分隔理論，演進到現今的四度分隔理論，或許就真的那麼巧，有朋友的朋友正好認識那神祕的騎士也不一定！

只是，四度分隔理論的奇蹟似乎沒有發生。

果然沒那麼簡單啊……江成允微微嘆了口氣，在心裡喃喃自語。

他輕笑，笑自己過於天真的想法。畢竟世界說大不大，但其實說小也不小啊。

「你在傻笑什麼啊？」

楚安安的聲音隨著他的大臉乍然出現江成允眼前，害他嚇了一跳，側腹被踢的內傷瞬間抽痛了一下。

「Shit！你不要突然說話好不好？」

江成允生氣地瞪向楚安安，不知道是不是連帶效應，不僅肚子抽痛起來，連同脖子的傷口也開始隱隱泛疼。

「拜託！我叫了你很多次耶！是你自己只顧著滑手機，連我出去開會回來你都沒發現。」楚安安誇張地嘟著嘴抱怨道，接著用見獵心喜的口氣問，「怎樣？你在偷看什麼不該看的？」

「哪有偷看什麼！哎喲，走開啦！你的鬍渣刺到我的手機了。」

「我哪有鬍渣！沒禮貌！」雖然楚安安嚷嚷反駁，但還是伸手來回摸著自己下巴。

聽見楚安安的話，江成允才正眼看了一下手機上標示的時間，身軀不由得一怔。

兩個小時。

江成允睜大眼凝視著手機上頭顯示的數字，彷彿不願意相信自己所看到的一樣。沒想到他用了整整兩個小時來尋找自己與那名重機騎士的連結點，別說沒感覺到時間的流逝，更沒有察覺楚安安走動的氣息。

「開會？開什麼會？」

江成允一下子拋出數個疑問，來掩飾自己對一個陌生人太過執著的心虛感，即使楚安安並不知道他的心虛從何而來。

「我有叫你啊，but……」

楚安安看了眼江成允手上的手機。

「……好好好，我的問題。所以為什麼要開會？又要改劇本？」江成允揣測挑眉。

「不否認這也是原因之一啦。」楚安安一派輕鬆地聳肩，眼神有些猶豫地接著說，「其實……是公司幫你安排了一位替身演員，剛才就是找我們商量這件事，不過你叫不動。」

「商量？」

「嗯哼。」

「替身？你答應了？」

得知公司幫自己找了替身的事，江成允驚訝地從沙發上站起身，一臉錯愕地問。

「對。」

「為什麼？我不需要替身。」

江成允一口回絕。當初接下這部警匪片時，他唯一的要求就是每場戲都要親自上陣，不用替身。

「相信我，你會需要的。」沒給江成允反抗議的機會，楚安安迅速說下去，「你脖子的傷雖然不深，但怎麼說也是十幾公分的傷口吧？等傷口癒合，至少也要兩個星期，這段期間怎麼穿露頸的戲服？梳化遮得了多少？」

「妝遮不住可以後製。」

「嗯哼。那你的肚子呢？腹部的挫傷不痛嗎？」

楚安安雙手環胸，沒好氣地盯著掩蓋在江成允衣服下，泛著瘀青的側腹。

「痛可以忍。」江成允說。

不過，他才剛講完這句話，身體卻像不給大腦面子似的，一股氣冷不防地從體內湧上，逼得他猛咳了幾聲。

「你省省吧，現在的你連呼吸太過度都會咳嗽。」楚安安搖了搖頭，「重點是電影的上映日期已經敲定了，真的沒有辦法再容忍一次意外，你能保證吊著鋼絲在空中轉來傳去時，完全不會因為傷口的阻礙而NG嗎？我們已經浪費掉一天了。」

真是個愛逞強的人……楚安安無視江成允的反對，愈說語氣愈重。

「我……」

聽到對方說的話，江成允身軀微微發顫。他當然知道楚安安說的是事實，只是這次的動作戲是他好不容易爭取來的，他真的不甘心因為這點意外就放棄親自演出的機會。

過去，江成允在童星時期確實閃亮過一段日子，只是現實殘酷，每個童星都會面臨長大後逐漸失去人氣的命運。

升上國中後，同期的一些童星紛紛轉以學業為主，許多人選擇在光環淡去時退出螢光幕，只有江成允堅持一邊念書，一邊利用學業空檔接些碎戲。

即便因童星光芒不再，一開始接到的角色並不吃重或是酬勞驟減，偶爾還會有些打醬油的角色找上門，但江成允一律來者不拒，因為他熱愛演戲，只要能演戲，任何機會他都不願意放棄。

無論有沒有工作或上課，他堅持每天早上都要自主排練一場戲，不管是他自己的戲分或是其他演員的戲分。只要他手上有劇本，他就會一直練習、不停練習，甚至連其他角色的台詞、走位、動作都會全部記下來。

果然上天不負苦心人，多年來一點一滴所累積的努力，終於讓江成允在去年成功問鼎金瞳影帝。

影帝這個詞彙，或許在某些人眼裡代表著登峰造極，不過對江成允而言，絕對不是如此。

儘管已得到金瞳影帝的殊榮，江成允還是希望能挑戰自己尚未演繹過的戲種及角色，只因演技永遠沒有極限。

而這次的動作片是他跳脫過去戲路十分重要的里程碑，啟用替身無疑是自打臉，表示自己根本沒能力演出動作片。

江成允屏息，用不情願的眼神緊盯著楚安安。

的確，挑戰演技還是自打臉什麼的都不重要，現在最重要的是電影上映日期。但……

「我……我不要！」

江成允鼓起臉頰，一屁股坐進沙發，鬧起小孩子脾氣。

「啥？不要鬧了！」

「我不要！」

「由不得你要不要！」

「我就是不要、不准、不接受！！」

叩、叩、叩！

就在江成允耍脾氣的時候，門板上忽然傳來一串單調的敲擊聲。

「小江！現在方便嗎？」

敲門聲結束後幾秒，製作人帶著疑惑的語氣推門進來。他身上難以言喻的汗味搶先一步穿過門扉，直衝江成允鼻腔，害江成允吸了一下鼻子。

「當然方便！製作人好，這麼晚辛苦了。」

見到製作人來，江成允急速收起耍賴態度，有禮貌地迅速站起，露出營業用的陽光微笑。

「辛苦了辛苦了，你比較辛苦，傷還好吧？」

製作人一面說，一面走到江成允旁邊的椅子，示意他一起坐下。

發現製作人擔憂的視線停留在自己纏了一圈紗布的脖子上，江成允按著頸部說道：「我很OK的。小傷而已，吃了藥後幾乎感覺不到痛。」

這時，站在製作人背後的楚安安卻丟給江成允一張鬼臉和一個說謊的手勢，不過江成允根本懶得鳥他。

他不是笨蛋，江成允當然知道製作人來找他要講什麼。想必是公司認為他會執意不要替身，才請製作人出馬。

雖說請替身的事應該已塵埃落定，但只要製作人覺得他沒事，那還是有轉圜的餘地，不用替身親自演出。

不過，製作人似乎不這麼想。簡單寒暄兩句後，他便直接切入正題。

「小江，因為顧慮你的傷還有拍攝進度，我們幫你找了位替身演員。」製作人停頓一下，繼續說，「你應該聽過『辜詠夏』這個名字吧？是最近在特技界非常敢做的孩子。」

江成允點點頭，他聽過這個人。辜詠夏十八歲進武家班，至今入行四年。憑著對飛車技術的要求及初生之犢不畏虎的衝勁，這一年逐漸在特技界嶄露頭角。

由於江成允是初次接拍動作片，因此經紀公司萬分看重這次電影拍攝。為保拍攝過程中，江成允的人身安全，更重金禮聘特技界裡聲譽鼎盛的武家班來指導電影裡的打鬥戲分，而辜詠夏正是公司為江成允精挑細選的專屬特技替身。

原先這檔電影開拍前，公司就曾安排辜詠夏與江成允碰面，只是江成允堅持自己演出，因此後來也沒有實際與辜詠夏見過面。

儘管江成允的內心還是渴望能獨立完成武打戲分，不過製作人都親口說出擔心拍攝進度的字句，再怎麼剛入行的菜鳥演員也聽得出來，時間真的刻不容緩。

江成允清楚自己沒有推拒的空間，陽光開朗的眼眸落過一絲不甘心的神情。

「那他什麼時候進劇組？」

「就明天。」製作人頓了頓，「啊！不過他人已經來了，導演正在跟他交代一些事，等等就過來打招呼。」發現江成允並沒有像預想一樣排斥替身一事，反而坦率接受，製作人表情明顯如釋重負。

製作人才剛說完，門口又傳來敲門聲。

「請進。」

楚安安朝門口喊了一聲，過不久，門打開了，一個染了一頭帶綠金髮、穿著可愛動物T恤，像是高中生的少年鑽門進來。

他一見到江成允隨即瞪大眼，驚訝低呼。

因為少年的驚呼，江成允反射性地站了起來。

「天啊！真的是本人！您好您好。」金髮少年主動伸出雙手，親暱地牽起江成允，彷彿旁若無人般雀躍地逕自說了起來，「我是你的大影迷！一直都有在關注你的作品。上次阿茲海默症的那部戲，男主角一瞬間叫出老婆名字那段害我哭超慘的，演得真的很細膩。」

「……真的非常謝謝你的支持。」

即便江成允覺得眼前的金髮少年行為舉止有些突兀，但少年對他的演技滿口讚揚，又自稱是影迷，他也不好太冷淡，於是任由少年繼續牽著自己表達謝意。

「一聽到能跟您一起工作，我真的非常非常開心。對了，之後我能夠叫你小成哥嗎？」

少年睜著水亮圓眼，滿臉通紅地期待著江成允的回答。

一起工作？

江成允在腦中回放剛才製作人說的話，心中浮現了大問號，疑惑地俯視著眼前的少年。

這個足足矮他半顆頭，看起來似乎未滿二十歲的孩子，就是那個初生之犢不畏虎的特技演員？還號稱是自己的大影迷？這……

「你……是辜先生……嗎？」江成允不禁微微蹙眉。

「啊？」

乍然聽到江成允的疑惑，少年先是不解地眨了眨眼，隨即意會過來，察覺自己還沒自我介紹。

「喔！不是不是，小成哥您誤會了，我不是詠夏哥啦！我叫京雅，是詠夏哥的助理，以後叫我小京就可以了。」

雖然江成允尚未回答少年的問題，但少年已經自然地轉換對江成允的稱呼。

「我後面這位才是詠夏哥。」京雅側過身，指著背後說道。

可能是京雅的那頭蓬鬆金髮太過萬丈閃亮，以至於江成允和楚安安完全沒注意到塗滿白漆的門框下，還站著一坨烏漆抹黑的人影。

江成允的視線繞過京雅，凝視他口中的詠夏哥。

黑色頭髮、黑色墨鏡、黑色夾克、黑色長褲……至於鞋子嘛……混了點紅，勉強算深紅色好了。總之，除了沒被墨鏡擋住的下巴看得出有兩片嘴唇，加上膚色的頸部鎖骨之外，站在門口的男子真的是漆黑一片。

辜詠夏的背脊直挺，重心穩健，感覺由內而發出一股堅忍的力量，一頭側推黑髮俐落清爽，襯托出他骨感的下顎。

兩人視線相對。

辜詠夏緩緩摘下墨鏡，露出黑夜般的雙瞳。

——該怎麼樣才能再見到那個年輕的騎士呢？

這個問題，江成允現在有了答案。

辜詠夏左眼底那點宛如淚珠的痣猶如一道指令，指使江成允調出腦海中的畫面……在那黑白相間的斑馬線上，自在地駕馭重機的年輕騎士挑開護目鏡的那一刻。

難怪他能坐在機車上單手擒拿搶匪……

「咳！小江，我跟你介紹一下，這位就是……」

「是你！」

被晾在一旁多時的製作人正準備介紹，誰知道江成允搶先開口，整個人異常激動。

江成允激動到讓楚安安覺得莫名其妙。

江成允從未想過自己與騎士能以這樣的方式重逢……更別說他們早就該認識。

對，倘若沒有他對演出的堅持，他們早就該認識了。

以前拍戲時，曾經有位資深的演藝前輩在閒聊時告訴過江成允：這世界上的每一個相遇都是必然，沒有偶然。所有的緣分都是上天巧妙的安排，即使只有一面之緣，那都是修了好幾世的因果。

當下江成允不明白那些話的意思，只認為是老人家在弘揚佛法。

但現在，他懂了。

原來再怎麼抗拒相遇，緣分終究會在另一個點上交會……雖然江成允很想這麼想，但下一秒，他發現這根本就是個狗屁！！

「怎麼是你？好巧，你就是辜詠夏？」

江成允克制不住欣喜的情緒，朝辜詠夏伸出右手表示友善，不過這份友善換來的並不是對方一個親切的笑容，或是爽朗的問候，而是辜詠夏皺起眉毛，一副看見髒東西的表情。

辜詠夏沒有作聲，只是直盯著江成允遞出來的手，他自己的雙手則插在口袋中，絲毫沒有要回應的意思。

空氣就這樣凝結了好幾秒，宰詠夏才不情不願地用低啞的嗓音應了句「你好，請多關照。」接著轉身撤離眾人的視線範圍。

宰詠夏的腳步聲消失在走廊盡頭的那一刻，江成允的右手還舉在半空，尷尬地在空中狂抖。

堂堂影帝釋出這等善意，居然慘遭一個替身演員無視！製作人在旁看著，額頭上立刻滲出擔憂的冷汗。

畢竟在這世代，打不打招呼對年輕人而言也許不是那麼重要，但在極其重視輩分的演藝圈裡，這種小事能滾成驚滔駭浪的大事，有時甚至能左右演藝生涯。

「小江啊！你別誤會！那孩子只是害羞而已，害羞而已。」看到江成允陽光般的笑容凝結成詭異的微笑，製作人急著跳出來打圓場。「詠夏跟我在上部片合作過，飛車特技的技術不錯，但就是話少了點，不過那孩子還可以、不難溝通。」

「對啊！小成哥！詠夏哥一定是看見你太緊張了，他平常是不太說話，但從沒有這樣過。」京雅也焦慮地插話解釋。

「沒事。」江成允轉頭，投給製作人和京雅一記從容的笑臉說，「我知道有人就是比較怕生，我能理解。」

「真的？太好了！小成哥，我跟你保證，詠夏哥真的只是太緊張，他其實對認識的人都非常好的！」

「就是啊小江，那孩子只是太緊張。」

「緊張的是你們喔！我真的不介意，倒覺得他還滿有個性的。」

江成允嘴角上揚，反過來安撫製作人與京雅。他的笑容彷彿是一朵清新的花蕾。

見到對方沒有因為辜詠夏的失禮而盛怒，製作人額頭上如瀑的汗水才慢慢緩和下來。

但只有楚安安知道，這朵清新花蕾，專盛開在暴風雨前的寧靜。

之後楚安安與京雅禮貌性地交換了名片，送兩人離開休息室後，一旁的清新花蕾瞬間凋零，壟罩在江成允頭頂的是一層層帶有怒雷的烏雲。

「他跩屁啊？莫名其妙！！」

門落鎖的同時，江成允大力踹了一腳矮桌，木質的桌角發出崩裂的聲響。

桌上的茶杯翻倒，沁香的茉莉花茶沿著桌緣流到地面。

「你剛剛看到沒有？他整個無視我！」

江成允不悅地說道。他憤慨的口吻與剛剛開朗的聲音判若兩人。

「我才想問你，你認識他？」

楚安安邊問邊抽了幾張面紙收拾殘局。他早已習慣江成允喜怒兩面的性格，對表弟的暴怒不怎麼在意。

「不認識。」江成允在心裡躊躇了一下。

「不認識你裝什麼熟？還在那邊『怎麼是你？好巧。』，我看他八成是被你的裝熟嚇到吧？」

「我哪有跟他裝熟，他就是載我到醫院的人。」

江成允立刻否認。

但是楚安安說的也沒錯，他跟辜詠夏確實算不上認識……可他自覺自己的反應十分合理，沒有到故意裝熟的程度。

楚安安擺出「是嗎？」的表情，將衛生紙丟進垃圾桶：「可是我覺得以辜詠夏的反應來看，只有四種可能。」

江成允斜了一眼故作神祕的楚安安，抬了抬下巴，示意他繼續說下去。

「一，你看錯人。二，你記錯人。三，你認錯人。四，以上皆是。」楚安安喜孜孜地舉起手來細數他歸納出的選項。

「我怎麼可能認錯人！」江成允大喊。

憑他在這圈子打滾多年的經歷，不只練就對劇本過目不忘的功夫，對認人的能力也是一流。尤其辜詠夏眼瞼下的痣，如此指標性的特徵，他怎麼可能認錯？

「我說你到底在氣什麼？」楚安安把一旁的椅子轉到正對江成允的角度坐下，「過去不懂事的新人你不都抱怨幾句就過了嗎？反正合作結束後一拍兩散，互不相關。你今天是怎麼回事啊？」

「京雅不是說他是我影迷嗎？那姓辜的那麼不買帳，簡直讓我在粉絲面前丟臉。」

「真的是因為這件事？」

「對。」

「那好，我不管你們剛剛或是之前發生過什麼事，總之你給我調整好心情，之後的合作別帶不成熟的私人感情。」

楚安安語氣嚴厲，此時的他不是以經紀人和演員的身分說話，而是以兄長的立場叮囑弟弟的工作態度。

江成允的棕色瞳孔蒙上一抹不甘，俊秀的臉因不滿而泛紅。靜默了幾分鐘。

「……哥……我想喝咖啡……」

江成允被罵了，只好擺出可憐兮兮的姿態對楚安安撒嬌。

「唉……」

面對其實根本沒有在反省，卻演出一副「我知道錯了」的江成允，楚安安忍不住舉白旗投降。

「熱美式可以嗎？」

「可以。」

弟弟真是世界上最要不得的生物，不過江成允會有今日的脾氣，有一半也是楚安安寵出來的，怪不得別人。

楚安安外出買咖啡，吵吵鬧鬧的空間頓時靜得可以，六坪大的休息室裡就只剩江成允一人，和他若有似無，輕弱的嘆息聲。

江成允忍不住望向休息室的一角，辜詠夏借他的安全帽和風衣還整齊地摺疊在化妝台上。

他起身走向放著風衣的化妝台，努力思考，試著想要解讀辜詠夏剛才無視他的涵義。但在一片混亂思緒後，江成允發現自己根本就理不清什麼。

可能楚安安說的沒有錯，是自己在裝熟也不一定。或許辜詠夏根本就不記得他是誰，或許在他的觀念裡，救人只是他隨手的日行一善，至於救的人長的是圓是扁一點都不重要。

嗯，世界上確實就是有這種思想的人呢。

江成允在心裡下了結論，順便安慰自己。

說什麼因為辜詠夏，讓他在粉絲前丟臉的理由是他臨時扯給楚安安的。其實辜詠夏對他的善意回以不悅的神情時，他很難過。

難過到生氣。

江成允纖細的手指緩緩滑過風衣的釦子，鼻間彷彿還能聞到森林般清爽的氣息。

那時，多虧了辜詠夏讓給他安全帽和風衣的體貼舉止，遮住了他嚇人的傷口與血跡，就醫的途中並沒有太引人注目。很少有男人會有如此纖細的心思，可比起辜詠夏的細膩，江成允更驚訝於他的控車技術。

並不是每個會騎重機的人，都有本事駕馭那一大塊動輒兩百公斤以上的鋼鐵。

即便江成允都是開車比較多，對駕駛機車的事不太了解，但是原本到醫院約十五分鐘的路程，在騎士的護送下居然不到十分鐘就到了。而且一路上，江成允非但沒有感覺到因高速而特別顛簸的情形，或是剎車技術不佳產生的暈眩感。相反的，他覺得這趟車程十分舒服。再怎麼不會騎車的人也能感受出來，這位年輕騎士的駕車技術比普通人好上很多。

沒想到，騎車正是辜詠夏的拿手項目。

就醫途中，雖說他們是行駛在車水馬龍、充滿車輛廢氣的市區街上，然而騎士身上簡單樸實的皂香味卻不斷順著逆風，竄入他的鼻息間。

其實江成允並不喜歡任何味道，臭味自然不用說，應該任誰都無法接受，不過奇異的是他連香味都非常排斥。無論是人工香精、天然香水還是宜人的咖啡香，他都不喜歡。

對江成允而言，無味是最理想的味道。

若有似無的肥皂香混著風，輕刮著江成允的手臂。連稍大的安全帽裡也沒有一絲惱人的髮油味，甚至帶點森林清爽氣息的淡香。

他第一次感受到「味道」這件事帶來的安心自在感。趕往醫院的這段路程，意外舒適到讓江成允忘了身上的痛覺。

原來，在乎這件事的只有自己。

對人而言最悲慘的事，不外乎是發現自己對一個人有好感的同時，知道對方對自己根本沒興趣。

把風衣洗一洗後還他吧。江成允心想。

他望著梳妝鏡裡的自己，用力做了一個鬼臉後用力鼓起臉頰，然後用力拍掉。

「沒有什麼好失落的，拍攝結束後一拍兩散，互不相關，不過就是萍水相逢而已。」

江成允對鏡中的自己信心喊話，儘管他感到有些寂寞。

第二章

「好、來！這顆鏡頭從這邊拍過去，我看一下畫面。」

炎夏裡，如烤箱般的片場迴盪著副導的聲音，攝影大哥按照指示，將鏡頭推移到副導所比的定點上。

「場記！場記在哪裡？準備好了沒有？」

「道具呢？道具組都來了嗎？全下去做最後的背景確認。」

「走位有沒有改？舊的走位趕快撕一撕。」

副導在確定鏡頭沒問題之後，又爆出一大堆指令，拍片現場超過百位的工作人員各個揮汗如雨，忙得暈頭轉向。

所有工作人員，包括演員在內，都在面對拍戲時最頭痛的敵人：臨時改劇本。

劇本是拍戲的指南手冊，就像是學生的參考書一樣，從演員的台詞動作到背景服裝都必須依照劇本上所描述的呈現，因此劇本可謂一劇之本。

臨時改劇本若只是單純修正演員的台詞，那倒還沒什麼，請演員重拍就好。可怕的是如果連劇情裡的場景都全數改掉的話，就意味著拍攝方式、背景、服裝、道具都要跟著換，這可是牽扯到整個劇組的大事。

而這件驚滔駭浪的事，就在一個小時前發生了。導演接到要改劇本的消息，全劇組頓時亂成一團。

片場一隅，導演與江成允和幾位武打演員圍成一圈討論著。當然，辜詠夏也在其中。雖然江成允的眼睛貌似盯著手上的劇本，實際上視線卻聚焦在對面辜詠夏的鞋尖上。連導演講的話掃過耳邊，都自動成了一串雜音。

他完全陷進自己的思緒。

辜詠夏進劇組也有兩三天了，一點都不像製作人說的那樣只是話少了點，而是他根本不說話。他與劇組所有的應答不是點頭就是一個嗯，大不了高級一點，能聽到他說謝謝就很了不起了。因為辜詠夏的舉止，江成允首次對製作人發言的可信度跌破百分之二十。

第一次見面那天，辜詠夏叫他上車的那段話是這幾天來，他說過最多字的一次。

然而，縱使辜詠夏的態度冷淡，卻因為長著一張時下風行的鹽系臉龐，又是以拯救劇組拍攝進度的姿態降臨，意外地在片場男女通吃，每個人都對他非常親和。

江成允的眼睛持續繞著辜詠夏兩腳的鞋尖打轉，猜不出這傢伙到底在想什麼。

忽然，他感覺身軀一麻，不經意抬頭，看見辜詠夏的雙瞳正毫無掩飾地直勾著自己。

圍成一圈的每個人都在低頭討論劇本，只有他們兩人四目交換。

江成允霎時間分辨不出那放肆的眼神是什麼意思，只感覺兩頰熱辣一片，尷尬地別過眼，把臉埋到劇本之中。

相較於江成允明顯的閃躲，辜詠夏倒是神態自若地輕笑了一下。那個笑像是嘲弄，又像是揶揄，讓聽到輕笑的江成允懊惱自己的迴避太過拙劣。

導演的解釋告一段落，順手接過助理遞上來的杯子，也沒看杯子裡究竟裝了什麼就隨便灌了幾口，感受得出來他正在為改戲的事焦慮。

事實上不只是導演，每個人都很焦慮。由於攝影棚租借的時間有限，不僅要重拍，還要重新搭景，整個劇組都在跟時間賽跑。

「第二十四場戲之後的內容因為製片方的要求整個改掉了，趁重搭景的時間，你揣摩一下角色的情緒。」

導演對江成允揮了揮剛出爐的新劇本。

第二十四場戲的情節是兩派軍火販子私下交易，卻因為其中一派毀約，展開槍戰的橋段。江成允所飾演的刑警費盡心力，好不容易潛入其中一派軍火集團當臥底，他必須在這場戲中捨身護主，保護首領，槍殺敵對集團的成員來換取首領的信任。

「……所以原本主角在交易的過程中槍殺的敵對成員，現在也改成警方的臥底就是了。」

江成允將心神重新投入劇本，專注地掃視手中的一疊厚紙，把幾千餘字的文本在幾秒鐘裡濃縮成一句話。

「沒錯，而且主角一眼就認出來對方是他剛進署裡時帶他的前輩。」

「所以他等於為了博取敵方信任，忍痛殺了自己人……」江成允思索片刻後續道，「這一段改成這種發展，我覺得頗有意思的。所以這場戲變得非常重要，這裡會是主角心境的轉折點。」

「沒錯，再說被射殺的敵對成員也是警員臥底的謎底在片尾才會揭曉，觀眾那時才會知道原來主角是刻意殺了他。所以主角在看到前輩後，決定開槍的這段時間心境會很微妙。」導演補充道，「這裡我覺得是非常關鍵的一刻，到時候收尾時，所有畫面剪在一起，那個事實的衝擊會非常有震撼力。」

「是，我了解了。謝謝導演指導，我會好好揣摩主角的情緒。」

「好！那你自己再看一下，等等二十四場結束後直接接三十二場。」導演拍拍江成允的肩，轉身對武家班的人員喊話，「那個武打的，全部跟我來，要再確認一次鏡頭！」

導演領著特技演員離開，江成允又往後翻了幾頁劇本，總感覺有些喪氣。畢竟劇本大修的地方全是需要大量武打片段的場景。那些修過的戲段一看就知道，已經不是他做得來的等級。

江成允默默注視著站在鏡頭前，與其他特技演員協調套招的辜詠夏，不自覺地摸了摸受傷的脖子，一股說不出的無奈哽在喉間。

但與其說無奈，更多的是不甘心。

他心知肚明，會緊急大修劇本，百分之一億是因為辜詠夏的肢體能夠呈現更精準、更高難度動作的關係。只是事已至此，他也不能怎麼樣，除了放寬心好好把戲拍完，也沒有其他選擇。

江成允沒有回休息區，而是在片場角落席地而坐。他打開隨身的背包，掏出一個裝有五顏六色紙膠帶的束口袋，依照每場情緒的轉折貼上不同的紙膠做註記。

開心的場景他就貼上印著一朵朵小花的紙膠帶，生氣的場面他就貼上小火龍噴火的樣子，有點憂鬱的情節他就黏了幾片銀杏做標示。如果是又好氣又好笑的橋段，他會先貼上一個小噴火龍再貼一個笑臉。

戲劇在拍攝時，並不是依照情節順序拍的，所有的戲，不管是戲劇還是電影，絕對都是跳場拍，演員時常會遇到上一場演出大悲情節，哭得聲淚俱下、一把眼淚一把鼻涕，下一場卻要馬上開懷大笑的情況。因此場與場之間的情緒轉換是否得當，也是考驗演員功力的一項指標。

看似簡單，實際上卻要馬上進入角色情緒是件難以掌控的技藝，沒有一定的演技功底是無法切換自如的。

為每場戲貼上可以劃分情緒的紙膠帶，是江成允特有閱讀劇本的方式，也是他在人前演出陽光認真的乖寶寶時，緊繃的心情得以放鬆的短暫時光。

畢竟沒人敢在他讀劇本時打擾他，加上他看劇本的時候說出口的任何話語或表情，旁人都會以為那只是他在揣摩角色的過程罷了，所以這也是他唯一無須在意旁人眼光的時刻。

江成允為第二十四場戲貼上了一朵黃綠色的銀杏，眼睛不自覺地瞇了起來。

劇本最後揭曉，遭到主角射殺的臥底前輩其實不是被主角槍殺，而是他對主角打出只有他們兩人才知道的暗號，要求主角開槍殺了自己。

那是一個無由可拒的情況，但凡主角的動作有一絲猶豫，都可能成為有心人的把柄，倘若被揭穿雙方是警方的臥底，那主角與前輩的下場絕對比死還要悽慘。

兩害相權取其輕下，敵對臥底的前輩要求主角殺了自己。

故事末尾在劇本修改後變成開放式結局，主角與前輩的真實心境留給觀眾自行咀嚼。雖然劇本上沒有對這兩個角色有太多的心理描述，不過在拍攝時，揣摩劇本文字背後角色多樣層次的心境，正是演員工作的精隨。

只是人真的能如此豁達嗎？為了別人犧牲自己重要的性命？

能嗎？

那主角又是如何想的呢？即便故事中，他從軍火槍戰中全身而退，但殺了敬愛之人的愧疚感難道不會成為他心頭永遠的疙瘩嗎？

難道主角開槍時就沒有一絲保己的自私嗎？當下就沒有其他的路嗎？

江成允看著看著，鼻頭隱約泛起酸澀感。比起主角這個角色，臥底的前輩似乎更能激起他更多情感共鳴。

他又撕下一枚銀杏葉，貼在二十四場戲的頁面上。

「咦？原來小成哥是這樣讀劇本的啊？」京雅俏皮的聲音忽然從旁冒出來，「哇！你有好多膠帶喔，可以看看嗎？」

「啊、嗯，可以。」

沉浸在悲傷裡的江成允嚇了一跳，但他還是點了點頭，主動把束口袋攤開來，移到身旁人的面前。

至於京雅，他宛如獲准在玩具店裡挑一樣自己喜歡的禮物的小孩，不斷把束口袋底部的膠帶掏出來，像在挖寶。

「咦？為什麼小成哥要這樣貼呢？這有什麼意義嗎？這種東西……是很漂亮啦，但是男生通常不會買吧？」京雅拎起以水彩為底的銀杏紙膠帶喃喃地問，不過才剛脫口而出，便隨即發現自己說錯話。

他立刻抿唇，一臉死定了的表情。

「噗！也是，男生通常是不會買的吧？」江成允沒有被冒犯的不悅，反而失笑出聲，「這是我看劇本的方式，是一直都有的習慣。這些不同的膠帶，可以精確地提示我每場戲需要的情緒。」

「哇喔！我居然得到影帝的真傳耶！你自創的嗎？江氏流派？還是有人教你的？」

「是別人教我的。」

江成允大方承認。

老實說，江成允從未想過要藏私，如果有人問起，他必定十分樂意教大家，教學相長、互相切磋，都能使演技更加豐富。

可惜，自他從影以來，外界關注他的私生活向來比關注他的作品還多。而這似乎是每個演藝人員永遠跳脫不了的關卡。

「誰教你的？是哪個名演員嗎？」京雅好奇地問。

「嗯……祕密。」

「咦——」

看著京雅噘起嘴來以表抗議的臉蛋，江成允只是笑著搖頭。無論京雅如何哀求他透漏這個祕密，江成允都堅持不說。他總是唐突又聒噪，不過江成允並不覺得討厭。

「啊！喔！原來是這樣……我懂了！看來詠夏哥在劇本上貼一堆有的沒的，也是因為要提示情緒吧？」

京雅又叨叨絮絮說了好多，突然兩掌一拍，豁然開朗地自問自答起來。

他的話，勾起了江成允的興趣。

「……你說……辜詠夏也會在劇本上貼東西？」

「嗯！不過他都是貼醜醜的，一卷十塊的那種膠帶啦。」

京雅點頭如搗蒜，順便偷偷吐槽。

「小京。」

這時，辜詠夏不知何時站在一旁，他沉穩的聲線打斷兩人的對話。

他面無表情地看著京雅，陷入數秒的沉默。

「你不知道現在是非常時期，大家都很忙嗎？為什麼要打擾別人？」

「詠、詠夏哥……」

「去做你該做的事。」辜詠夏說。

「喔，知道了。」

京雅被抓包，鬼靈精怪地吐了吐舌頭後一溜煙地消失在片場。

江成允瞟了一眼辜詠夏。總覺得他好像在生氣？雖說他沒有皺眉，表情一樣平平靜靜，可是不知道為什麼，江成允總覺得他在生氣。

不過相較於辜詠夏生氣，最讓江成允驚訝的，莫過於他居然說話了的這件事。

他把辜詠夏剛剛的話在心裡複誦一遍，掐指一算。天啊，不得了！辜詠夏居然說了三十二個字。把三十二個字除與二，等於能說十六次謝謝，回想這兩天，辜詠夏也許連十次謝謝都還沒說過呢！

「你……會說話……？」

江成允瞪大眼，望著辜詠夏。

兩人靜默了幾秒後，辜詠夏緩緩開口，眉宇間透出一絲難以置信的神情。

「我沒想到你……」

「……我……什麼？」

江成允的聲音裡聽起來帶著緊張。他狐疑盯著眼前有些猶豫的男人，滾了滾喉嚨問。

「我……我沒想到你年紀輕輕就重聽了。」

「啊？」

聽到宰詠夏自行做出誇張的結論，江成允不顧形象地大聲說，害他差點被口水嗆到。

「我明明就跟你說過話。」

宰詠夏說完，下個瞬間恍然大悟道：「啊，難怪那天叫你上車叫了兩次你才聽到，原來是因為耳朵不好……原來如此。拍戲很吃力吧？您辛苦了。」他看著江成允自問自答起來，眼神露出淡淡的遺憾。

去你的！你才重聽呢！！江成允在心裡瘋狂翻桌。

而且，宰詠夏自言自語的樣子根本與京雅如出一轍。難道這就是江湖傳說中的，有其主必有其僕？

太扯了，真是太扯了。

「我、沒、有、重、聽。」

聽見對方彷彿不在同一次元的發言，江成允額頭上冒出了三條線，他發揮朗讀劇本二十年、咬字發音超清晰的功力鄭重澄清。

宰詠夏聽著，靜默了幾秒……

「我的推理不正確嗎？」他問。

「我說你——」

「來！就位、演員準備！」

江成允正打算開口，副導演宏亮的指令聲響遍片場，提示所有人各就各位。

盛夏的拍片現場考驗著所有劇組人員的意志力。每位劇組組員都是扛著沉重的攝影器材，上過險山、下過嚴海的超級勇者。

◎　◎　◎

不過肉體上的磨難可以忍耐，但精神上的凌遲卻不好說。

導演已經不發一語，坐在椅子上動也不動超過一小時了，片場裡散發著一股難以形容的僵硬氛圍，每個人面面相覷，沒人敢說話。

雖然片場裡有一百多個人同時呼吸吐氣，移動的空氣立方非常壯觀，可氣氛仍宛如一灘死水，毫無流動的跡象。

江成允及其他幾位演員像罰站似的圍在導演身邊，十幾隻眼睛不停盯著剛才拍的片段。

「我沒有覺得不好，只是……總感覺好像少了一點什麼……」

又過了幾分鐘，導演才勉強擠出這句話，聽得出來他不是很滿意。

他推了推鼻梁上厚重的眼鏡，盯著不斷回放的影像問：

「小江，能不能解釋一下你在這裡開槍時為什麼要稍微停頓？主角這段心情你是怎麼想的？」

即便導演說得很婉轉，但江成允還是聽懂了這段話的弦外之音。

說穿了，就是他沒演到導演心中理想的樣子。

事實上在第六次NG時，江成允就發現問題不是出在自己或任何一位演員身上，而是導演對第二十四場戲異常重視，在導演心中早有一個想像畫面，倘若演員沒有演到他心中所想，無論演技再好，導演是不會點頭的。

「前幾次NG後，我跟編劇統籌通過電話了。」江成允聲東擊西，搬出編劇統籌與導演抗衡。「編劇表示，主角要殺前輩時內心是相當掙扎的。雖然這場戲裡是前輩打暗號，主動要求主角開槍，不過主角下手時的心理還是很猶豫，所以我決定把猶豫的戲分演在開槍這個動作上。」

戲，是種共同創作，由演員、導演及編劇三方齊力完成，無論哪一方都有對戲劇藝術的堅持。因此戲劇合作需要的是三方溝通妥協，而非一昧順從某一方。

畢竟這世界上大部分的人都不會讀心術，要演到導演心中理想，天知道要到哪年哪月。

「但主角是專業的臥底人員，你認為他會在這個點上猶豫嗎？」

導演提出反問，像是在說服。

「還是導演再形容一點感覺給我，我再演一個給你？」

「嗯……好。」導演點頭，接著若有所思地說：「我覺得在主角拔槍這裡可以再多一點層次，或是角色的情緒可以再多一點灰色。」

語畢，演員群秒陷入寂靜。

多一點灰是什麼鬼啦！這麼抽象的形容到底誰聽得懂，應該只有神才聽得懂吧！江成允在心裡罵翻天，只是請導演導戲是他提的方案，也只能硬著頭皮朝導演微笑。

「那個……」

突然，在這不上不下的氣氛中，有道陌生又熟悉的嗓音闖入安靜的片場。

「這場戲如果不拍臉，局部特寫一鏡到底的話，能夠讓我試看看嗎？」

「誰？剛剛誰在說話？」

導演起身張望。

「我。」

熟悉的嗓音再次響起，只見辜詠夏默默舉手，單一個字的回答力道強韌沉穩。

所有人的視線一下聚焦在辜詠夏身上，劇組人員連詫異的驚呼都省略，直接進入啞然狀態，本就夠安靜的空間更顯得死寂。

這傢伙在說什麼？天底下怎麼會有替身說出這種企圖取代主演的話？這是演藝圈裡的大忌啊，更何況對象還是影帝。

辜詠夏膽大的發言不只讓在場的人都聽傻了，江成允自己也聽茫了，他緩緩轉動因衝擊僵化的頸部，冰冷的視線對上泰然自若的辜詠夏。

現場鴉雀無聲。

連呼吸都覺得沉重的寂靜裡，江成允率先跨步，往辜詠夏走去。

眾人看見無不退後，主動讓出一條路來，場面宛如摩西分海。他走近他，直到兩人臉部只隔著約一個拳頭的距離才止步。

他們的距離近到彼此的呼吸聲都聽得見。

「你會演戲？」

江成允用只有對方才聽得見的細聲問道。

語調判斷不出他的情緒，不過他冷漠的口吻，與方才在場邊朝氣的聲音迴然不同。

「老實說，不太會。」

辜詠夏聳聳肩，承接江成允犀利的眼神。

「不太會？那你怎麼覺得自己能演？還覺得能一鏡到底。」

「我覺得我可以。至少這場戲可以。」辜詠夏說著，眼眸迅速掃過江成允手上破皮的虎口，那是反覆做出拔槍射擊的姿勢而磨出來的傷口。

「你覺得你可以？那要是你不行呢？」

「不試試怎知道？」

辜詠夏從勾起的嘴裡吐出六字箴言，字裡行間挑釁意味十足。

江成允與辜詠夏兩人的對話拿捏在只有對方聽得到的音量下進行。比起場面失控、大聲咆哮的爭執，這種火線幾乎一觸即發的平靜更讓外人捏把冷汗。

「那個……沒關係、不然我們可以用剪接的就……」

導演一見苗頭不對，也不再執著，尷尬地提議用剪接呈現。不過才剛發話，就被楚安安一把拉到旁邊。

「導演你別攪和，他們好像早就認識了。」楚安安說。

「真假？」

「導演我告訴你，剛剛在休息室時……」

楚安安在導演耳邊嚼舌根，如此這般如此這般的，把江成允一開始看到辜詠夏喜出望外，到後來鬧彆扭的事情加了好大一桶油和醋，說給導演聽。

「真假？那現在怎麼辦？朋友吵架，外人怎麼勸都錯啊。」

導演開始覺得事情有些難辦。

「嗯……我說導演，我覺得這兩個人沒那麼單純……」

「嗯？是嗎？那就讓我們繼續看下去吧！」

導演與楚安安兩人正心有戚戚之際，只見江成允走到導演面前說：

「導演，既然他都開口了，請務必讓他試一試。」

江成允說完，原本安靜的四周剎那間傳出「嘩——」的喧嘩聲。所有人的疑慮、擔憂或是不可思議全在這一刻傾巢而出，每個人無不竊竊私語，緊盯著導演、江成允及辜詠夏三人的互動。

「小江、這……」

導演心裡真的是寶寶糾結，他萬萬沒想到事情會演變成如此麻煩的局面。唉！早知道他就自己剪一剪就好了。

「導演不用多說，請吧。」

江成允原本客氣有禮的態度大變，語句嚴峻地指使起導演，兩人的地位一下子顛倒過來。他眼神黯冷地坐在導演椅上，不客氣地翹起二郎腿，姿態宛如女王一般。

沒錯，就是女王。

全場的人都用不可置信的眼神望著江成允，不過他卻視若無睹。

哎呀呀……楚安安站在後頭直嘆氣，深覺不妙。現在江成允的行為舉止，是他從未展現在眾人眼前的另一面。

儘管擔心會形象受損，但現在大家都會覺得江成允的反應是太過生氣的緣故吧。

雖然江成允沒有因為辜詠夏的言論而發怒，依然保持淡定的模樣，然而他一雙棕色的美眸散發的烈焰，像能祝融掉任何事物。

導演照著一鏡到底的要求準備重拍。接著攝影師調好鏡頭角度，演員間確認走位，幾分鐘後一切就緒。

只見辜詠夏就位，對場記點點頭，表示隨時都可以開始。

所有人站在定點上，等待指令，場內的每個人皆屏氣凝神。

『第二十四場第十六鏡，三、二，Action！』

場記打板的同時，辜詠夏以迅雷不及掩耳的速度跳躍起身，矯捷地越過場景設置的障礙。他的雙腳像是套上了強勁的彈簧，輕盈飛快地往背後的二樓直奔。

就在這時，場邊的提示聲一響，辜詠夏單手一撐，從高處一躍而下，整個人猶如伸展鴻翅的鷹，沒有鋼絲的輔助、沒有氣墊緩衝，辜詠夏華麗準確地降落在指定的走位上，落地分量相當穩實。

韋詠夏的動作一氣喝成，順暢得令江成允捨不得轉開目光。他不像在演戲，而是真的與敵方展開了攻防戰一樣。

他吸引了所有人的視線。

『好！這個好，繼續！』

導演在一旁興奮地揮手吆喝起來。

韋詠夏落地的瞬間，飾演反派的演員群擁而上，他毫不猶豫地拔槍，對準目標扣下板機。當對手的臥底演員中彈臥倒的同時，江成允宛如被擊中的是自己一樣反射性地站起身。

這時，江成允察覺韋詠夏原先剛毅舉直的手臂開始微微顫抖。

『拉近，拉近！鏡頭拉近！』

顯然不只江成允發現到這微小的變化，連導演也關注到韋詠夏手腕細微的顫抖，不斷彈指，下令要鏡頭跟上。

韋詠夏緩緩放下舉槍的手臂，收槍的時候用一個無情的轉身來掩飾他仍舊發抖的指尖。

『好！這個太好了！』導演跳起來激烈大叫，『這手抖不是因為開槍的後座力，完全表現出了他開槍的無奈！我要的感覺就是這個！』

整個片段就如同韋詠夏要求的：不拍臉，局部特寫一鏡到底。沒有表情變化相輔，卻用動作展現出炸人的肢體演技。

辜詠夏沒有任何一句台詞，但江成允知道，他是用肢體引人入勝。

「可以啊你！」

導演放下大聲公後還是不停對辜詠夏讚賞有加，武打班的演員和工作人員們也都跟著圍上前出聲讚嘆。

不過所有的讚譽聲，都在辜詠夏將視線投到江成允身上後戛然而止。

「呃……小江，這……」

導演開闔著嘴，似乎想說什麼卻沒有說下去，眾人原本欣喜的表情也瞬間轉為鐵青的尷尬。

江成允的眼中映出眾人的不知所措，他開口，打斷導演說：「導演你不用顧慮我，我也覺得演得非常棒。什麼是最好的，那我們就用最好的。」

「呃，是嗎？小江你也覺得很棒？」

「當然！辜先生展現了他的專業，非常精采。」

江成允看了一眼辜詠夏，爽朗地扯開嘴角，只是他的眼睛沒有笑意。

「你在生氣？」

導演放下心中大石之際，辜詠夏卻穿過人群，直問出最核心、最敏感的問題。

這個問題直擊眾人心窩，原本稍稍平靜的氣氛又開始暗潮洶湧。

「我為什麼要生氣？」江成允給了辜詠夏一個微笑，露出好看的梨窩，下一秒卻突然轉變語氣說，「生氣改變不了我能力不足這件事。」

天啊！影帝笑裡藏刀，是要刺死誰！

導演在一旁簡直要斷氣了。

「你演得很好。」

辜詠夏似乎想是安慰江成允，卻說得十分笨拙。

「你現在是在諷刺我嗎？」

攝影棚灼熱的燈光照耀江成允臉龐，他眼神依然平靜，但隨著不斷流淌而出的話語，凝重的氣氛逐漸在空氣中渲染開來，就連楚安安也開始緊張起來。

「我沒有這個意思。」辜詠夏急切地否認。

「你也真好笑，把我狠狠洗臉後說沒這個意思？」江成允反問。

「這場戲以演技來說毫無破綻。但是沒有心，你其實更在意那個前輩的角色……」

後面的話辜詠夏來不及說出口，就被江成允打斷。

「你……在評論我？」

「不是評論，是……」

「好了！」

江成允低吼一聲。他實在不敢領教後面會是什麼樣的形容詞。

「請你聽我說……」

辜詠夏一把抓住江成允的手腕，試圖解釋什麼，不過江成允一點解釋的機會都不給他，大力甩開他的手。

「製作人說過你是個敢做的人，果然非常敢嘛。」

聽到江成允這番話，辜詠夏沉默地盯著地板，不再做任何動作。

江成允說完，留下快氣絕的導演及忐忑不安的眾人，轉身領著楚安安離開片場。

「你剛剛演得太誇張了！有沒有想過明天大家會怎麼看你！」

攝影棚厚重的隔音門一關上，楚安安立刻對江成允說教。

其他人或許看不出來，但江成允是真生氣還是在演戲，完全逃不過楚安安的利眼。

「隨便啦。」江成允對楚安安大吐舌頭。「不這樣演，是要什麼時候才收工？凌晨？明天？下面還有兩場戲耶，拜託。鬼才會繼續拍！都幾點了？我就不信工作人員沒人不想回家。」

「是沒錯啦……」

表弟又開始耍任性，楚安安只能無奈搖頭。看到手機時間顯示出十一點四十分，折騰了近十五個小時，是該收工了。

「可憐小夏了，現在應該很尷尬吧？」楚安安嘆氣。

「小夏？你什麼時候跟他這麼熟啦？」

江成允被楚安安脫口說出的親暱稱呼嚇到。

可惡，他都還在被無視階段，這人妖居然進展神速！

「管他的，這是那天他無視我的代價。」

「你真的很糟糕。」

「哼！他尷尬又怎樣？至少他拍的東西能用啊！」

至少……再怎麼尷尬，都沒有那天自己的真心被無視來得尷尬吧？

江成允心裡想著，賭氣地撇頭，不再回應。

◎ ◎ ◎

凌晨的夜裡，江成允獨自坐在飯店的窗台邊喝酒。一手啤酒一手沙瓦，酒精濃度不算高，但混著喝也夠讓江成允醉了。

從高空俯瞰夜晚的市容，流動的車燈像極了一顆顆閃爍的流星。

──『這場戲以演技來說毫無破綻。但是沒有心，你其實更在意那個前輩的角色……』

江成允倚靠在玻璃窗上，凝視著自己模糊的倒影，不知怎麼地，腦海中一直繞著這句話。

辜詠夏說的話。

初聽到這句話時，他心臟頓了一拍，有種全身赤裸的感覺。那時那刻，江成允感受到被看穿的心慌。

辜詠夏說得沒錯。比起主角的情緒，他更在意臥底前輩的對手戲。

回想辜詠夏在鏡頭前的表現，江成允沒有任何不快，更沒有忌妒。他內心只有身為演員的澎湃與悸動，有個念頭閃過他的腦海裡無數次——為什麼跟辜詠夏演對手戲的不是自己？

擁有影帝的頭銜，不代表演技就此走到顛峰。能用演技勾起對手演員共演的慾望，才是真演員的本事。他花了好多年才做到的事，初出茅蘆的辜詠夏卻一下子就……

有種自尊心被擊潰的不甘在心頭蔓延，可是有更多更多的不甘是身為一個演員，想演又沒辦法演的無能為力。

辜詠夏開槍的瞬間，他從椅子上彈起，彷彿中彈的正是自己。

他明明就從辜詠夏的身上感受到雙方角色情緒的共鳴，他卻只能坐在場外的板凳上乾瞪眼。

「可惡……」

江成允低咒一聲，仰頭灌盡剩下的酒，帶著微醺的意識走出房門。

第三章

「不可能！！」

江成允不客氣地把合約撕成兩半，丟在楚安安桌上，一口回絕。

可憐的合約慘遭分屍，孤單地躺在桌上。

會議室內原本涼爽宜人的二十六度，硬被江成允滾燙的殺氣熱得一下子高升好幾度。

「安哥，我也覺得這樣做不太好。」

辜詠夏盯著手裡的合約，說出他的感想。

「沒人在問你們願不願意，這是公司的命令、公司的行銷方針。」

楚安安盯著眼前怒火燃燒的江成允，擦著粉藍色指甲油的粗曠手指揉了揉太陽穴，解釋道。

「笑話！公司的行銷方針是要我假裝跟這傢伙交往？上面的人是腦子有洞還是怎樣？嫌錢太多，沒事找事啊？」

江成允的兩隻圓眼瞪得誇張，食指直接指著辜詠夏大叫。

「安哥，你確定沒有聽錯嗎？」辜詠夏皺眉，神情淡定地看向楚安安。

「是的。這位青年，你沒有聽錯。」

「你發誓這真的不是你在幻想？」江成允再次質問。

「難道我身為你的經紀人會給你亂報指令嗎？你自己看。」楚安安滑開平板電腦，點開一則新聞頁面，遞給江成允。

「這、這是什麼啊！」

江成允接過平板，滿臉一頭霧水，卻在看見新聞標題後差點吐血。

娛樂新聞標題上秀著大大的粗體字：

『金瞳影帝夜會同性愛人！江成允出道多年毫無緋聞的真相竟是？』

「還問？你不知道狗仔神出鬼沒嗎？」

楚安安在一旁揶揄道，塗著桃紅色的口紅的嘴圈成誇張的O字型。

沒空理會楚安安的挑釁，江成允快手點開新聞中的影片，死盯著螢幕猛瞧，辜詠夏也湊上前一探究竟。

偷拍的影像沒有聲音，且畫質不是非常清晰，看得出來是經過放大放大再放大的畫面。雖然有點模糊，但依舊分得出背景場景是間高級飯店的走廊。時間過了幾秒後，鏡頭有些晃動，接著畫面的右下角出現一個人，那個人正是江成允。

只見影像裡的江成允走到某扇房門前停了下來，還不時地往四周張望幾下，確認沒有其他人在才按下房門的門鈴。

沒一會兒，門被打開了，出來應門的是辜詠夏。

影片裡，辜詠夏才一開門，江成允便伸手抓上他浴袍的衣襟，迫不急待地吻了上去。下一秒，換辜詠夏反抓住江成允的手腕，激烈地回吻他。兩人纏吻幾秒後，雙雙跌進房裡，房門關上。

影片的時間軌靜止在底端，顯示這段影像到此結束。

「……這、這狗仔是在亂報什麼鬼啊！什麼叫做出道多年毫無緋聞的真相？身為專業的影視工作者，潔身自愛錯了嗎？」

江成允的頭上紫綠一片，強壓下砸爛平板的衝動咆哮起來。

「我的重點不是叫你看影片，是叫你看留言量還有轉發量。」楚安安滑到底部，續道，「你們剛剛在棚拍，應該還不知道吧？這則新聞才發布不到十分鐘，就因流量過大造成網路癱瘓了。」

看著新聞發布不到一小時就破萬的留言，和接近十萬的轉發，不只江成允，連辜詠夏的臉色也跟著鐵青起來。

『我家小成跟男人根本絕配啊！』

『這畫質不能再好一點嗎？而且還沒聲音？』

『還好對象是男人，如果是女的，我一定會放火燒那狐狸精。』

『驚！只有我一個人覺得小成對象也好吃嗎？』

『這狗仔偷拍也太不專業了，只在門口是要逼使誰？』

『逼使誰+1』

『房內偷拍才專業啊！閃開讓姊來！！！（怒）』

『我也覺得開門男好吃～～』

『希望兩位小哥真心交往，不是在炒新聞。』

『內線消息，據說開門男是小成的替身演員喔！』

『贊成三樓，不要媳婦只要女婿！』

「不要媳婦，只要女婿是什麼東西啦！別給我隨便看圖說故事！」江成允大爆走，差點徒手折斷平板。他氣呼呼地大喊，鼻孔簡直撐得快比眼睛還大，「這是個大誤會！我要立刻召開記者會，立刻！我要聲明，我跟這自以為是的傢伙一點關係都沒有！」

「安哥，這真的是個誤會。」

辜詠夏在辦公桌前站得直挺，淡淡地附和。

對，這真的是個誤會，而且還是個天大的誤會。

江成允在一旁吵吵鬧鬧，不經意地與辜詠夏對到眼，兩人互看一陣子，昨晚驚天動地的慘況瞬間歷歷在目——

叮——咚——

門鈴毫無預警地響了。

剛從浴室裡走出來的辜詠夏，身上還散發著沐浴後的熱氣。他瞄了一眼床頭的電子鐘——深夜一點二十六分——辜詠夏狐疑地盯向飯店房門。

誰會在這種時間來訪呢？更何況他在劇組裡根本就沒和任何人熟到能深夜造訪的程度。

辜詠夏迅速套上飯店準備好的浴袍，挨近門板，朝門上的貓眼裡望……只見門外的人臉頰透紅，眼神看上去還帶點醉意。

是江成允。

江成允在這個時間找上門來，讓辜詠夏有些驚訝。他隔著貓眼觀察了一陣子，正在猶豫是否開這門時。

叮——咚——

叮——咚——叮——咚——

叮咚叮咚叮咚叮咚叮咚叮咚！！

刺耳的門鈴聲瞬間貫穿辜詠夏的耳膜，江成允突然像討債似的狂按門鈴。他慌張地開門，深怕江成允醉漢似的舉動驚擾到隔壁的房客，豈知一開門，辜詠夏的衣襟立刻被江成允一把揪住。

只見辜詠夏身穿浴袍，髮絲還滴著水珠，一看就知道是剛沐浴出來的樣子。而他胸膛前襟微開，露出平時隱藏在衣服下，那長期鍛鍊而緊實有力的胸肌線條。

不知是羨慕、忌妒還是恨，這畫面讓江成允看了更火，他步步逼近，整張臉幾乎平貼到辜詠夏的臉上去。

只不過，接下來並非萬眾期待的熱烈激吻，而是喝醉的江成允壓低聲音，對他示威叫囂。

「噯！你故意的吧？」江成允齜牙裂嘴。

「故意什麼？」

一身酒氣襲來，使辜詠夏微微蹙起眉頭。

「哼！少裝了！說！你為什麼要無視我？」

「無視……你？何時？」

辜詠夏歪著頭，有聽沒懂。

「你還裝……嘔嘔嘔……嘔嘔……」

江成允才張口說到一半，忽然一頭栽進辜詠夏懷裡，大吐特吐！

「喂！喂喂喂喂！」

辜詠夏大吃一驚。不會吧？他才剛洗好澡耶！

莫名其妙被醉鬼吐了一身，辜詠夏也是衰到不行。但也只能自認倒楣，先把人拖進房裡再說，完全沒注意到角落有道閃亮的鏡頭，正悄悄地對準他們。

終於進房的江成允開始大發酒瘋，一下子含情脈脈如嬌羞少女，縮在角落跟辜詠夏眉來眼去；一下子又雙目怒火，變成死要分家產的不孝子，在床鋪跳上跳下，與辜詠夏大打出手。

辜詠夏要清理一身嘔吐物，又要與江成允的角色扮演展開攻防，兩人在小小的房間裡鬧得不可開交。

其實要制服江成允，憑辜詠夏的身手根本不是難事。可強行壓制只會讓江成允受傷，辜詠夏並不想這麼做。

「跟你說！我阿爸死的時候明明說房子要留給兒子，你不過就是個女婿，憑什麼插嘴啊？」

江成允藉著酒意，自己一個人演得不亦樂乎，在床上跳來跳去，踩得床架咯滋咯滋響。

「你別鬧了，快點下來。」

辜詠夏看著江成允，心裡覺得又好氣又好笑。

「不要！除非你回答我。」

「回什麼？分家產？」

「哼，你在裝啊，你……！啊！」

江成允挺起胸膛，正回得理直氣壯之際，腳下一滑，整個人往床下跌。辜詠夏伸手想接卻沒接到，眼睜睜看著江成允跟著棉被一起栽在地上。

「……你還好吧？不是跟你說快點下來了嗎？」

看著趴在地板上的人，辜詠夏無奈地搖頭，彎腰扶江成允起來。沒想到江成允一搭上辜詠夏的手就是一扯。

在天旋地轉之後，辜詠夏發現換自己躺在地上，江成允則毫不客氣地跨坐在他腰間。

「我說，你真是有夠失職，讓演員摔倒是專屬替身該讓演員發生的事嗎？」

江成允的視線居高臨下。

「我下次會注意。」

「下次？有下次？」

「保證沒有下次，可以原諒我了嗎？」辜詠夏道歉。

雖然現在並不是工作時間，不過他不想和一個醉漢計較。

「要我原諒你，ＯＫ，回答我之前的問題我就原諒你。」

從辜詠夏的視角往上看去，他發現江成允細滑的顴骨上映著長長睫毛的影子，配上微醺的眼神，樣子特別好看。

「……什麼問題？分家產？」辜詠夏滾了滾喉嚨。

「我是說，你第一天為什麼要無視我？我們明明認識。」

江成允的聲音裡有點倔，有點怒，還有些難為情。過了一會兒，他看辜詠夏的表情怪異卻一直沒說話，於是按耐不住地說：

「你是啞巴啊？幹嘛不說話？」

「你要聽實話還是假話？」辜詠夏反問。

「啥？」江成允先是愣了愣，接著大笑，「哈哈哈！怎樣？怕說實話哥會怕是吧？沒事，再難聽的話我都聽過。說，我允許你說實話。」

江成允低頭說：「為什麼要無視我？我們明明認識。」

他的頭愈來愈低，充滿靈魂的棕色大眼直勾勾地瞅著辜詠夏。

「……我是你的影迷，那天我只是不好意思而已。」

須臾，辜詠夏承認說道。

「……是嗎……這麼說，你還滿喜歡我的嘍？」

「呃……」

江成允的理解讓辜詠夏始料未及。

他的喉嚨愈來愈乾燥，睜著如夜空般深邃的雙瞳，與江成允的眼眸對視。而江成允的秀氣的臉龐也緩緩靠近。

下個瞬間……

嘔嘔嘔嘔嘔嘔嘔！！

江成允狂吐在辜詠夏臉上！或許是剛才在床上亂跳的後勁湧現，江成允完全忍不住嘔吐感，胃液混著酒溢了出來。

辜詠夏簡直晴天霹靂，他立刻推開江成允衝到浴室。管他是熱水還冷水，抓起蓮蓬頭就往自己臉上噴。

只見倒在地上的江成允慢慢爬到門邊，又開始吐了起來，飯店淺色系的地毯也沒躲過這場浩劫。

「喂喂喂！」

天啊！不是吧？

宰詠夏見狀根本昏倒，趕緊把江成允拖進浴室。

之後的事，江成允完全沒有記憶，也不曉得自己是如何回到房間的。宰詠夏也不知道自己究竟哪來的厚臉皮，抵擋得了清潔阿姨殺人般的目光。

兩人各懷心事，視線不約而同地聚焦在偷拍的畫面上……

畫面中，他們兩人確實靠得很近，從特定角度看來，的確像極了接吻的畫面。只能說這狗仔上輩子鐵定燒了黃金萬兩的好香，埋伏地點、取鏡角度，都天時地利人合到讓人拍案叫絕。

整段偷拍一鏡到底，毫無剪接，明指江成允是Gay的說服力極強大。

宰詠夏刷著滿滿贊成他與江成搞基的留言，忍不住發問：

「安哥，這該不會……是公司叫我們假裝交往的理由……吧？」

「哭嚕起！」楚安安對宰詠夏豎起滿滿男人味的大拇指，稱讚道：「不虧是小夏，有開天眼的慧根。超多粉絲都看好你們這一對的，原先公司以為這樣的新聞會帶來負面影響，想不到粉絲都是一面倒的支持啊。」

「有沒有搞錯？就因為粉絲自嗨，就要我跟這傢伙交往嗎？」

「我只是叫你假裝而已，又沒叫你真的來。莫非你很想假戲真做？」楚安安故意反問。

「不可能！沒戲！休想！作夢！」

江成允大力揮舞手臂，在空中擺出好幾個大X。

雖然辜詠夏與江成允的外型相似，但兩人的氣質與個性可說是差了十萬八千里。相較於進入發狂模式的江成允，一旁的辜詠夏可是心平氣和得不得了。

「安哥，這……我也認為不太好。」辜詠夏平靜地發表意見。

「嘖嘖嘖。」只見楚安安咂舌幾聲，伸出食指在兩人眼前晃了晃，「現在已經不是你們喊說沒戲、不太好就能拒絕的局勢嘍。」

「什麼意思？」

「你什麼意思？」

江成允及辜詠夏兩人異口同聲。

「因為就在剛剛，公司已經用江成允的名義發出聲明稿，坦承戀情嘍！等等在經紀公司大廳會舉辦宣告記者會。」楚安安塗著藍色指甲油的手指摀在嘴邊竊笑。

啥？宣告記者會？

江成允歪著頭，根本有聽沒懂，如此莫名其妙的狀況讓他反應不過來。

「你說什麼記者會？以誰的名義？」江成允問。

1 韓文的「沒錯」之意。

「以你，江成允的名義。」楚安安回得一本正經。

「你說……坦承什麼戀情？」

「坦承你跟辜詠夏的戀情。」楚安安頓了頓，補充解釋道，「也就是說，為了電影宣傳，公司幫你們出櫃了。別忘了，這一行，緋聞是最好的宣傳行銷，所以你們至少要交往到電影上檔為止。而這份合約，就是保障雙方權益的契約。」

「啥？誰？你說誰跟誰出櫃？」

江成允雙手一攤，乾脆裝傻到底。

「少在那邊給老子裝死！你以為我看不出來你想蒙混過去嗎？」楚安安一掌拍在辦公桌上被分屍的合約上，氣勢磅礡，宛如傳輸內功，真氣灌頂，「我不管你們私下到底是互毆的關係，還是互X的關係，反正你們一定得交往，這件事勢在必行！」

「什麼保障雙方權益？我沒一隻眼睛看得出來這有什麼權益好保障的！根本鬼扯！本大爺不幹。」江成允立刻回絕，轉頭就走。

不過楚安安不是省油的燈。江成允嬌歸嬌，但血緣之親與十幾年的相處也不是假的。

「哼。」楚安安忽然低哼一聲，「我看你根本就不是不想做，而是做不到吧？」

「你、說、什、麼？」

江成允才走到門口，就像被貼了定身符一般僵在門前，斜眼瞪著楚安安。

「唉！堂堂影帝，對自己的演技如此沒自信，居然怕被曝露……」楚安安不管某道殺人的視線正投射在自己身上，故意搖頭，口氣充滿嘆息地說。

「你這死人妖，你說誰不會演，我就演給你看！」江成允深吸一口氣，往後倒退，一腳豪氣地跨在辦公桌上嗆聲，「我絕對會演得甜甜蜜蜜，閃瞎狗仔的狗眼！」

「非常好！期待你等等記者會的表現！」

楚安安一秒從抽屜裡拿出一份全新的合約，裝可愛地說。

「去就去，當我不敢啊！」江成允轉頭，惡狠狠地怒瞪著辜詠夏嗆道，「喂！我警告你，你別想逃，這場戲你陪老子演定了！」

辜詠夏被江成允的氣勢逼著點頭。雖然他面無表情，心裡卻止不住笑意。

沒想到在人前給人王子形象的江成允，私下脾氣根本像個屁孩，還是讓人隨便胡謅就能唬過去的屁孩。

看著怒火熊熊燃燒中的江成允，楚安安在心裡大喊 Yes！

他就知道，自己表弟最禁不起激了。

◎　◎　◎

「我告訴你！等等從下車我會牽著你，一直到記者會結束。還有你不要亂說話，什麼都不要說知道嗎？還有……」

江成允在保母車裡像機關槍一樣劈哩啪啦地叮嚀一堆，也不管辜詠夏是不是真的有聽進去。

「那如果記者問我呢？」

在後座保持沉默的辜詠夏忽然冒了一句。

「不管是什麼問題，你看我就好，我會回答。」

「如果你沒發現我看你呢？」

「我不是說會牽你嗎，看你要掐我一下，還是怎麼樣都可以，總之給我個暗號就行。」

「那如果……」

「嗳，你很奇怪耶！」事已至此，江成允也不管維持什麼形象，直接對辜詠夏開炮，「拍戲都沒那麼多問題，怎麼現在問題這麼多啊？」

「……」

「你一個人大概也應付不了那麼多記者吧？聽櫃檯小姐說，記者及粉絲已經塞爆一樓了！」

看見後照鏡裡的辜詠夏想說卻又不能說，一臉無辜的表情，還有慌慌張張的江成允，駕駛座上的楚安安笑到岔氣提醒地道。

「啊啊啊！算了，對演員來說，臨場反應也是很重要的……就見招拆招吧。嗯，也只能這樣了。對了！我警告你，別講一堆有的沒的，知道嗎！」

江成允毫無邏輯地抓狂吶喊，又揪住辜詠夏的衣襟，把他霸氣地拉到眼前狠瞪著，幾乎是在快親到的距離下對話。

「……嗯，知道。」

被人這麼對待，辜詠夏當然只有點頭說好的分。

「很好！」

江成允一把放開，氣勢如同王者給予平民特赦一樣。

沒多久，車子就滑進經紀公司建築外的車道，剛進入媒體狩獵區，江成允的眼睛就快被擋風玻璃外的閃光燈閃瞎了，秀氣的臉臭得可以。

「等一下下車記得保持微笑。」楚安安提醒道。

「你以為我第一天上班啊！」

江成允翻了白眼，沒好氣地說。

車道上，江成允一探出車門就驚動了不少記者。他走在前頭，辜詠夏隨後下車，接著兩人十指緊扣的一幕引起如浪的尖叫聲，更瞬殺了不少記憶體。

江成允與辜詠夏在保鑣的護送下，費盡一番力氣才擠到定點。兩人才就坐，大批記者宛如見到鮮肉的蒼蠅般狂撲而來，開口逼問，大家完全忽視經紀公司畫出來的記者區域，以及代表發言人的存在。

「請問你們是怎麼相遇的呢？」

「是因為稍早的那則新聞讓您決定公開性向的嗎？」

「請問兩位現在心情如何？」

「兩位交往多久了？」

「江先生，你該怎麼對支持你的影迷交代？」

「請問影帝能不能說些什麼？」

「你們交往多久了？」

「這時公布性向，果然是因為電影宣傳的考量嗎？」

記者的問題猶如槍林彈雨，一發發朝江成允飛射而來，絲毫不給人喘息的空間。

「各位記者大哥大姊，謝謝你們今天前來關心。因為辜先生不算完全是這個圈子的人，請容許他戴墨鏡，留給他一些隱私，有什麼問題各位問我就可以了。」

江成允好不容易找到一絲縫隙，抓緊機會做了開場白。

雖說是公開記者會，可也不是讓媒體問到飽的處刑大會，在有限的時間裡，每個記者無不爭先恐後地搶著提問。江成允也都一一回應，但大部分的提問都被江成允機靈地顧左右而言他避掉了。

「冒昧問一下，兩位的感情是進展到接吻以上的關係嗎？如果不是有一定的感情基礎，是不可能冒然公開的吧？」

霍地，一個堅硬的問題硬是從記者群的邊緣冒出來，不過記者太多，完全分辨不出到底是哪位發問的。

江成允與辜詠夏兩人同時一愣！

這、這記者的腦洞也太大了，到底會不會問問題啊？

接吻？以上的關係？

他們連手都是剛剛才牽到的，哪來接吻以上的關係！

然而，這個問題像是爆炸的生化核武，立刻感染所有記者，大家也不再保留，問題愈來愈難以招架。

「兩位公開關係之後，拍外景會考慮同房嗎？」

「兩位交往多久了？將來有想要實行同性婚姻的念頭嗎？」

「兩位是一直都只喜歡男人嗎？還是女人也可以呢？」

眼見問題的風向愈來愈歪，記者無腦的瞎問題愈丟愈多，江成允乾脆行使緘默權，不再回答任何問題，直接宣告記者會結束，牽著宰詠夏起身直接走人。站在後台的楚安安見狀，指揮保鑣及時出場。

「江先生，請您回答問題好嗎？」

「最後可以請您再說些話嗎？」

記者會比預定得還早結束，記著們怎麼可能就此罷手，記者與粉絲此時有志一同、團結一心地往江成允兩人蜂湧過去，仗著人多不斷推擠，不死心地繼續逼問。

江成允與宰詠夏被夾在保鑣之間簡直快成了肉餅，人海使他們緊牽的手近乎分離，就在盡責的保鑣勉強隔絕出可以前進的空間時，宰詠夏無預警地扯過江成允，拉開他的衣襟，直接往他肩上張口咬下。

意料之外的大膽舉動讓現場都呆了，周圍的保鑣也不知道這算不算攻擊行動，所有人驚愣在原地。

江成允自己也瞪大眼，霎那間失去思考能力，行動戰力瞬間歸零。

「請問小姐們，可以讓我們走了嗎？」

辜詠夏的唇緩緩離開江成允的肌膚，開口詢問呆站在一旁的女記者。這是他第一次發聲，墨鏡擋住他深邃的眼眸，卻遮不住迷人的嗓音，他的音質好聽得令人酥麻。

在場的記者粉絲各個佇在原地，紅著臉狂點頭。

「謝謝，你們都是善解人意的女孩。」

辜詠夏再次展開聲音攻勢的魅力。

沒人推擠後，辜詠夏摟著失魂的江成允順利返回保母車。

車子漸漸駛離經紀公司，過了好幾分鐘，江成允才終於找回自己的聲音。

「你瘋啦！！」

回過神，江成允朝辜詠夏大喊。

「我認為這是最快回覆問題的方法。」辜詠夏面露疑惑，一臉「我做錯什麼了嗎？」的表情盯著江成允，「莫非我的推理又錯了嗎？」

「你什麼時候才能放棄那毫無屁用的推理？」

「我想說早結束就能早離場。」

「不是這個問題！」

「你說見招拆招。」

「你能不能在行動前用點大腦？你吻我就算了，幹嘛要咬我？」

「接吻要跟真心喜歡的人。」辜詠夏用淡淡的語調篤定地說。

「所以吻不行，咬人就可以？什麼屁邏輯！」

江成允幾乎在車裡尖叫。

「我想不出有什麼能代替吻的動作。」辜詠夏一臉正經地解釋，又接著補充道，「舔，好像又太噁心。」

他陳述得非常真心，堵得江成允不知道該回他什麼才好。他覺得自己快被逼瘋了。

「接吻也可以用演的好嗎？你停留在哪個年代啊？」

江成允鼓起臉頰，反覆地大力呼氣吐氣，強迫自己鎮定下來。

……算了！都到這節骨眼，只能走一步算一步了，反正離電影上映也剩沒幾個月。

◎　◎　◎

晴空的太陽烈到發白，照著海面的波浪像是滾沸的水沫一樣。

忽然，陣陣如野獸嘶吼般的引擎聲從一片蔚藍海岸的斷崖底突如而來。

宰詠夏騎著黑亮的沙灘車，驅馳在艷陽高照的白沙灘上。眼看後方追殺他的三名黑衣人往他火速逼近，不斷朝他開槍射擊。宰詠夏擰眉，上身驚險閃避子彈的同時，兩手更使勁催轉油門。

無奈儀錶上的指標顯示出速度已飆到極限，輪胎不可能再轉動得比現在更快了。

此時，砰——的一聲巨響由後方傳來！

沙灘車的左後輪遭到黑衣人的彈藥擊中，整輛車被輪胎爆炸的威力震得猛力彈起，宰詠夏一時重心不穩，連人帶車彈摔出去，在沙灘上滾了幾圈後躺在浪邊。

黑衣人們後來居上，手持槍械跳下車，接連往宰詠夏倒地的方向奔去。此時江成允從旁趁隙竄出，頓時海砂揚起。

他一個翻身出腳，俐落側踢，不偏不倚地擊中一名黑衣人的下顎，瞬間幾顆金牙噴飛在空中。黑衣人立刻失去意識，倒地的同時，手中的獵槍也跟著滑了出去，畫出完美拋物線。

江成允眼明手快地接住獵槍，熟練地架上肩頭，反向瞄準剩下兩名黑衣人，黑衣人們也不甘示弱，一左一右採雙向夾攻，情勢一觸即發……

『卡！！ＯＫ，很好！』

對講機裡傳來導演喊停的聲音，剎那間所有演員彷彿中了魔法一樣靜止不動，但下一刻演員們及全體工作人員紛紛爆出如雷的歡呼及掌聲。

江成允扶起跌在沙堆裡的宰詠夏，攙扶起身。

這場在海邊的武打戲礙於地形關係，鏡頭設置困難，一連串的武打鏡頭必須由真身和替身交錯套招來完成。

照理來說，這場戲拍攝難度相當高，不過短短幾分鐘的追逐肉搏橋段，光是套招走位就排練了一上午，劇組每個人無不認為這場戲會耗上整整一天的時間。

但，沒想到今日居然天降神蹟，這麼大場面的戲正式來時竟然沒有NG，一次OK！

「哎呀！小江，今日狀況很好呢！完全看不出套招的痕跡，果然是因為坦承後心情開闊的關係嗎？哈哈哈哈。」導演笑咪咪地從攝影機後走到江成允身旁，拍拍他的背半虧半損地說道。

聽見導演的話，江成允的眼神瞬間刷暗，但嘴角隨即勾出營業用微笑，給導演一個大大的陽光笑容：「感謝導演稱讚，這樣複雜的武打戲，都是託導演導戲精簡明瞭才能一次OK，您也辛苦了！」

一次OK本就讓導演心情大好，這下又被吹捧一番，更是笑得合不攏嘴，他轉向辜詠夏繼續稱讚道，「小夏，你也不錯，很多鏡頭都很到位，繼續保持就對了。」

「謝謝導演。」

有別於江成允的營業用台詞，辜詠夏只是微微點頭，模樣含蓄。

「哎呀！原來你們早就認識是真的。說真的，看你們之前吵成那樣，我還以為你們真的不合，沒想到你們只是想用吵架來掩飾在交往的事啊。」導演搔搔頭，自顧自地繼續說，「哎呀，我說小江你也太見外啦，演藝圈裡男男這種事我看多啦，我沒偏見的！」

不！不不不不不！導演、你真的沒誤會！我們並沒有在掩飾什麼！

即便江成允內心萬分澎湃地極力澄清，可惜有苦說不出。

幾天前，經紀公司擅自幫江成允高調發布了出櫃聲明，還召開記者會。而幸詠夏展現強勢的男友力，甜咬江成允的畫面登上各大報紙的娛樂版頭條。何止劇組，一下子全亞洲的人都知道他現在與幸詠夏是「戀人」關係了。

瞬間，外界應援江成允的聲浪排山倒海而來，都說他是敢做敢當的正港真男人。

之後因為粉絲們高度支持夏成戀，這部由江成允主演的電影都還未殺青，各地的影城便屢屢傳出被粉絲預先包場的消息，讓影城破天荒地提前敲定檔期，開賣預售票。經紀公司則用配合電影宣傳為理由，命兩人必須故意在人前秀恩愛。

真是他X的……這真是史上最瞎的電影宣傳手法。

這個念頭在這兩天裡不曉得泡在江成允的大腦裡多久了，都要爛了。

「很好！明天也要繼續展現出戀人默契喔！繼續加油，希望到殺青都能這麼順利。」

「……是。」

戀人默契個頭！

江成允在心裡暗想，臉上嘴角的弧度依舊不變，皮笑肉不笑地回應著，但脖子默默多爆了一條青筋。

他移開放在導演身上的視線，順勢瞟了幸詠夏一眼，不料幸詠夏的臉上雖沒展現太多情緒，卻伸手狀似親暱地摟了江成允的腰一把，並在江成允背脊發涼前迅速把手抽回。

這個情人間類似吃豆腐的小動作，惹得在場的女性工作人員情緒騷動、尖叫連連，整個氛圍頓時瀰漫著粉紅色。

片場的氣氛莫名嗨了起來，導演也跟風舉起對講機欣喜地喊道，『好！大家辛苦了，收工。全劇組五點到喝你茫居酒屋集合，今天我請客！』

對講機傳出導演的請客宣言，霎時間劇組全員歡騰一片，只有辜詠夏面顯難色。

等氣氛稍稍平靜，辜詠夏才緩緩開口：「那個……導演，不好意思，今晚我……」

「這樣啊！ＯＫ、ＯＫ，我懂我懂，那你跟小江就不用來了。」導演沒等辜詠夏把話說完，就露出一副「您毋須多言，一切在下了然於心」的表情，直接下了定論。

啥！！為什麼？還在開心的江成允心裡大驚。

他想不透這是哪來的神邏輯，為什麼姓辜的說不去，自己也不能去呢？喝你茫的黑啤酒超好喝的耶！

「呃……導演那個，我……」

江成允正想說些什麼，就被導演用善意的眼神壓下。

「沒事、沒事，我懂。雖然拍攝時都在一起，但好不容易有半天的休假，總需要獨處的嘛！」導演說。

咦？什麼？

接著導演彎起眼，賊兮兮地看著江成允和辜詠夏，對他們揮了揮手說，「難得的空檔，你們兩人就好好回去吃點別的吧，但也別吃太撐啊！明天還是要準時進片場喔，哈哈哈！」

導演「吃太撐」的弦外之音實在太過明顯，讓江成允的腦袋一下刷白了好幾秒。

不過他還是秉持著專業演員的意志力，強忍住想掐死導演再丟到海裡毀屍滅跡的殺意，繼續掛上爽朗笑容，咬牙切齒地說出這輩子最大的違心之言。

「謝謝導演體諒。」

◎ ◎ ◎

「都是你、都是你！都是你這個黑暗恐懼男害我沒喝到啤酒！」

江成允倒在加寬的沙發上不停扭動，兩腳朝著空中亂踢亂踹，活像是一個沒買到玩具的孩子。

「不是買了嗎？」辜詠夏疑惑地抬了抬下巴，指著桌上的一手啤酒。「而且我只是在黑暗中比較難入睡，並沒有黑暗恐懼症。」

「這兩個沒差別好嗎？都是你不關燈，這幾天光燈泡就壞了兩個。還有你買的是啤酒，不是黑啤酒。」江成允從沙發翻到地上碎念，身軀仍任性地扭動著。

「嘖。」

「你敢嘖我？都是你害的耶！」

江成允跳起來，窗戶玻璃映出他激動微怒的臉。

可惡！他被迫脫離劇組，獨自換衣服的時候，導演還悄悄塞給他一張肛門外科醫生的名片。說什麼這醫生是名醫，幫他開過痔瘡，技術很好，報他名字免掛號費之類云云……

「吼～～～」

到底誰需要這鬼名片啦！

導演你不要刻意洩漏自己有痔瘡的事好嗎？我一點都不想知道。

江成允滾在印地安民族風紋樣的地毯上，滿腦止不住地想像導演脫褲後有痔瘡的畫面，整身噁心，扭動得更厲害。

「……」㚵詠夏無言，默默盯著小宇宙爆發的江成允好一會兒，靜靜說道，「你不喝的話我那全喝了。」

「誰說我不喝，我要喝！」

江成允立刻從地板彈起，就像怕㚵詠夏全搶走似的，開了啤酒猛灌。

㚵詠夏看了江成允一眼，低下頭繼續整理箱子裡的物品，將外衣與內衣褲分開疊好。

他之所以婉拒導演晚上請客的邀約，並不是為了「吃點別的」，而是必須整理這堆在房內的行李箱。

由於要避免江成允及㚵詠夏的交往是造假一事被無孔不入的狗仔，和擁有通天本領的私生粉發現，幾天前，公司更趁勝追擊，要求㚵詠夏和江成允同居。

經紀人楚安安也十分盡責地響應這項措施，主動搬離與江成允同住的樓中樓，於是一樓房間換辜詠夏入住。

辜詠夏的行李不多，兩箱日常鍛鍊的健身器具、一只登機箱大小的換洗衣物，和一袋裝有牙膏、牙刷、水杯還有刮鬍刀等等私人盥洗用品。

縱使行李不多，但拍戲的排程還是緊湊到讓辜詠夏無暇整理的地步。

「你整理好了沒？我要交報告的照片。」江成允邊喝邊問，兩眼盯著折得四四方方的衣物和簡易啞鈴。

這傢伙是以為自己回軍營嗎？

江成允看著辜詠夏折得像豆干的衣服，不知怎麼的，突然覺得有些好笑。

「是說，我有入鏡的必要嗎？」辜詠夏問。

「你可以選擇貢獻一隻手或一隻腳入鏡就好了，不過動作要親密點。」江成允隨興回道。

這裡說的交報告，是指江成允要拍上傳ＩＧ的照片，他都會固定上傳生活照跟影迷分享。

「一定要？」

「你能不能不要廢話？既然高調宣布交往，沒有親密照不是很奇怪嗎？」江成允挺起胸說，邊開啟鏡頭準備自拍。「就算是假裝，這戲不管在台上台下就是要演好演滿，這才是演員。」

哼，這頭都洗下去了，哪有洗一半的道理？他可曾經發誓過要閃瞎狗仔的狗眼。

「那……這樣可以嗎？」辜詠夏放下手邊的事，繞到江成允身後，伸手比出勝利的手勢舉在前方人的頭頂上，語氣平板死灰。

「可以……等等，你這變態！想幹嘛？」

江成允才正要拍照，卻突然放聲驚叫，一副被雷擊中的表情從地上彈跳起來，結結巴巴地指責身後的人。

「又怎樣？」

「你、你居然頂……敢撞我！」

江成允講一半發現不對，趕緊換了一個詞。

「我只是很累，累到勃起很正常。你也是男人，應該知道吧！」

「藉口。滾、走開、死出去！」

「……」

辜詠夏又無言了。

只見江成允連滾帶地爬到電視櫃，拉開抽屜，從一缸五顏六色的膠帶中，勉強挑出一綑用完也許沒那麼心痛的紙膠帶，手忙腳亂地沿著辜詠夏的房門口貼出一條長長界線，直到自己二樓的樓梯底端。

「我警告你，不准跨過這條線。」

江成允貼完，指著地上的紙膠條氣喘吁吁說。

對比江成允激烈的反應，辜詠夏只是挑眉，直直盯著地上印著真珠美人魚的紙膠帶。

「你的興趣？」

「幹嘛？男生就不能買真珠美人魚啊？誰規定的？川普嗎？還是你媽？」

江成允被辜詠夏的問題激成刺蝟的樣子，像貼在地上的不是膠帶，而是沒有洗的內褲。

「我可沒這麼說。」辜詠夏視線跟著膠帶延伸，聳聳肩問，「那我去廁所怎麼辦？」

「廁所例外。」

「那去廚房怎麼辦？」

「廚房例外。」

「那去陽台怎麼辦？」辜詠夏挑了挑眉毛，看了一眼他放在桌上的菸。

「……陽台……也例外。」

「那去……」

「我管你去哪裡，總之晚上不准你上來二樓！」

不等辜詠夏問完，江成允就被逼得咆哮起來。

「ＯＫ。」

辜詠夏露出嗯哼的表情，撿起折好的衣服轉身退回房間裡。直到關上門的那一刻，他才釋放強憋著的笑意。

真珠美人魚的紙膠帶？實在太可愛了，江成允對外的人設也差太多了吧？

就在辜詠夏笑沒幾聲時，門外卻突然傳出江成允哭天搶地的哀嚎。

『啊！怎麼辦？怎麼會不小心按到錄影？』

倒在床上笑到不能自己的韋詠夏，聽見江成允在門外慘叫，好奇地撈起床頭櫃上充電的手機，滑開ＩＧ。

只見頁面左上角，江成允的頭像照片多了一圈粉紫色的色框。

『不會吧！才幾分鐘而已，怎麼已經有那麼多人看過了！』

門外持續發出慘哀，韋詠夏順手點進限時動態。

『你這變態！想幹嘛！』

『又怎樣？』

『你、你居然頂……敢撞我！』

『我只是很累，累到勃起很正常。你也是男人，應該知道吧！』

『藉口。滾、走開、死出去！』

畫面中的江成允顴骨泛著淡淡的紅暈，感覺還不錯。

韋詠夏忍不住勾起嘴角，影片中江成允驚慌失措的表情，與平常動不動就張牙舞爪的樣子比起來可愛太多了。

好吧，他承認，江成允張牙舞爪的樣子也很可愛。

韋詠夏的嘴角還掛著淺淺的微笑，躺在床上不斷重複觀看那十三秒的限時動態，直到他眼眶逐漸朦朧，最後終於抵擋不住疲累，昏沉睡去……

第四章

江成允快要崩潰了！真的！

不過，也許說他已經崩潰了，會更貼近現實的情況一點。

江成允將下巴靠在休息室裡的餐桌上，渾身有力無氣，面若枯槁，用一雙死魚眼茫然地盯著前方刷得死白的牆面。他右手無意識地攪著早已稀巴爛，呈現噁心褐色泥狀的烤布蕾。

江成允欲哭無淚，好不容易建立起的形象毀於一旦，他在今天完全體會到一失足成千古恨這句至理名言的箇中奧義。

眼前死白一片的牆面，完美對應江成允此時此刻的心情寫照。

「啊……」江成允大嘆一口厭世氣，「我明明刪了……為什麼？究竟？」

「噯！現在的粉絲人人都是神之手，很厲害的，你刪除也沒用啦。」楚安安一副事不關己的樣子，豪邁地仰頭，大口吞下烤布蕾。

昨晚江成允雖然火速刪除誤發的限時動態，但擁有神之手的粉絲們還是成功攔截影片，名為「小成私下竟遭演藝後輩無禮頂撞！」的影片被貼在後援會的網頁上置頂。

影片底下的留言區瘋狂捲跳，江成允的眼珠也跟著快速轉動。

『快頂撞他！快頂撞他啊！尖叫！』

『到底誰攻誰受啊？（好想知道喔）』

『夏橙打情罵俏閃瞎我了。』

『天啊！這是什麼神仙影片~~』

『私下的小成好可愛喔，感覺跟演戲時完全不一樣耶！』

『頂撞？這整個太有才了2333333333』

『二樓的太太真的問到點上了，我也想知道真相。』

『跪求頂撞（一定是成成受！）』

『老司機無誤，太上道了！』

『想說睡前滑個手機，看我滑到了什麼？』

幾秒鐘後，江成允發現，自己頗有自信的速讀能力完全跟不上留言爆增的速度……最後他白眼一翻，索性把手機丟到沙發邊，放棄接收任何有關「頂撞」的訊息。

「怎？」楚安安問。

「厭世了。」江成允回。

「怎麼說？你不是立誓要閃瞎狗眼嗎？你成功了！」楚安安藉機大虧。

「不要逼我揍你。」

「哈哈哈哈哈哈哈哈哈。」

「唉，現在全世界都認定我是個 Gay。」

「你是啊。」

「我不是。」江成允鄭重否認，「我是男女都可，好嗎？」

「這兩者差別有很劇烈嗎？Gay 哪有什麼不好！」

楚安安眨了眨眼，勾起蓮花指裝可愛。

「我又沒說不好，還有你不要在那邊噁了。」

「那你煩什麼？」

「煩每個人都覺得我是被上的那一個。」江成允抱怨道。

基本上他哪邊都沒問題，是上是下純粹看當時的心情。

「……所以你很想插辜詠夏嗎？」

楚安安聽了先是一愣，接著冷不防地炸了一句，還伴著神祕的微笑。

「噁！你這死人妖，你想殺了我嗎？」江成允掐住楚安安的肩膀猛力搖晃。「你害我剛剛眼前出現什麼噁心畫面！你這惡魔、禍害、厲鬼、妖孽！！」

「畫面超讚的好嗎？虧你還是演員，怎麼那麼不會美化畫面？辜詠夏那樣的身材是多少人的天菜你知不知道啊？不管是攻人還是被攻都很棒，ＯＫ？少身在福中不知福了！」

「這跟演員有什麼鬼關係？畫面美不美是導演跟剪接的事，別跟我胡扯一通。再說我身材也沒有輸他很多好不好。」

「你在意的是身材？」楚安安又撕開一個烤布蕾，不解地問，「你到底為什麼那麼討厭他？」

「誰叫他否定我的演技。」

「那也不是否定吧，他只是演出一個導演理想的方案。」

楚安安秒懂江成允指的是導演採用辜詠夏意見的那次。

「管他的。」

江成允撇頭噘嘴，從厭世鬼切換成任性小孩頻道。

「你真的不吃吃看？我覺得他應該很耐吃。」楚安安邊推測，邊將拇指戳入食指與中指之間，做出俏皮的做愛手勢。

「……天啊，你笑得好噁心。」

「你膽子真大！居然敢說板橋玄冰笑得噁心？」

「你是發胖的玄冰嗎？差很多行不行？麻煩做人要有點自知之明。」

「翅膀硬了嗎？」

「怎樣？怎樣？」江成允不甘示弱。

為報復江成允無情的反擊，楚安安兩腳一伸，開玩笑地鉗住他的腰，用力一夾，兩人滾在地上，江成允活像是慘敗的摔角選手不斷呻叫。

叩、叩、叩。

此時隨著敲門聲傳來，一道灰黑的人影罩住躺倒在地的兩人。

「不好意思，打擾了。」

江成允抬頭，正好對上辜詠夏那雙說不上冷淡，卻也沒太多感情的深黑色瞳孔。

但即便辜詠夏的表情沒有顯露太多波瀾，但楚安安沒錯過辜詠夏瞬間因情緒波動顫跳的眼皮。

哈哈哈！吃醋了吧！楚安安心裡偷笑。

見到「正宮」出現，他不但沒從江成允身上起來，反而語帶輕佻地道：「喲，小成，我們被抓姦在床了呢。」

江成允一聽，立刻粗魯地推開壓在身上的楚安安，「誰跟你抓姦在床，白痴，走開啦。」

他急忙從地上爬起，隨便找了個買咖啡的理由，抓了錢包就往外衝。

辜詠夏凝視著江成允慌張離去的背影，直到那纖瘦的身影完全消失在轉角處後，辜詠夏才又將視線轉回楚安安身上，開口詢問：「安哥，請問你有看到京雅嗎？我有事找他，不過他都沒接電話。」

「你的小助理應該是被叫去跑腿了，沒帶手機。」楚安安瞄了一眼桌上被主人遺忘的手機。「你有事的話我可以幫你轉達，但前提是……你能不能別這樣瞪我？我不喜歡你現在腦子裡想的東西。」

楚安安換下三八樣，瞇起眼，口氣也改成嚴肅語調，轉成男人與男人間的態度。

「……抱歉。」

辜詠夏低頭，臉色也跟著有些黯淡。

他當然知道楚安安與江成允只是表兄弟關係，剛剛的情形不過就是手足之間的玩笑罷了。只是……

「我知道你在想什麼，現在都已經同居了，要是搞不定我也沒辦法。」

「我……」

「你要不要去冷靜一下？」

楚安安撬開菸盒，彈了支菸給辜詠夏。

辜詠夏接住，主動退離休息室……居然對經紀人前輩發脾氣，看來他真的該冷靜冷靜。

◎　◎　◎

噠噠噠噠……

江成允快步穿梭在電視台的走廊上，手上的咖啡杯都幾乎要被他捏爆了。咖啡有點溢出來，燙紅了他的手指，但江成允沉浸在自己的思考裡，對指尖上的高溫毫無知覺，連一路上的問候聲都幾乎充耳不聞。

也不知什麼原因，聽到楚安安說「抓姦在床」時，他莫名有些心虛……

啊！一定是因為我把自己的人設定位在戀人關係的緣故。對！一定是這樣的。

沒錯，鐵定是自己入戲太深的關係，才會在一瞬間覺得自己做錯事了。

江成允想著，搖了搖頭，不願讓自己困在這奇怪的情緒當中。直到推開玻璃門，拐到樓梯間的一個踉蹌，才把他紛亂的思緒拉回眼前略高的階梯。

江成允看著掉在地上的杯蓋和撒了三分之一的咖啡，表情顯露懊惱。

就在他蹲下身撿拾杯蓋之際，忽然有幾道熟悉的聲音竄入耳邊，他忍不住側耳傾聽。那是跟他一起拍戲的特技演員小鄭的聲音。

樓梯外設置著電視台唯一的吸菸區，所有的癮君子都擠在這裡吞雲吐霧。而一牆之隔，武家班的幾位特技演員們正聚集在吸菸區閒聊。

「嗳嗳嗳，我說他真的很誇張耶，剛才還糾正我腿要踢哪個位置，也不想想誰才是武術指導。再說，上次的戲還不是靠詠夏搞定的，真不知道他在跩什麼。」小鄭吐了口煙，話裡充滿鄙夷和埋怨。

江成允聽著，蹲在樓梯間，背脊發麻一片。

他知道小鄭正在談論自己。

「這種沒經驗的人到底憑什麼接下動作片啊？」其中一人附和。

「不用想也知道，一定是憑賣屁股來的唄。」另一個特技演員幫腔說。

「賣屁股？這片的製作商不是男的嗎？」

「誰知道，說不定他男女通吃啊。」

「真噁心。」

「噯！這有什麼好奇怪的！女的有鮑賣鮑，男的也就只有那個洞可以賣啊。」

「哈哈哈哈哈！話說辜詠夏居然也能捅男人屁股。大家菊花各自珍重啊，哈哈哈！」

玻璃門的反射，映出小鄭大吸了一口菸的倒影，他把菸蒂丟在地上踩熄。吸菸區厚重的白霧遮住小鄭充滿嘲弄的表情，卻遮掩不了他字裡行間的諷刺。

「當然當然，聽起來就很痛，拜託。」另一位特技演員也接著說道。

「喂，不過話說那個大影帝真的因為工作跟男人做啊？」

「哎喲！誰知道。那圈子什麼都有可能不是嗎？亂的呢。」

「就是啊，你沒看經紀人那個樣子，說不定他們嘿嘿嘿……」其中一人暗諷。

「啊哈哈哈哈！對耶，有可能喔！」

武家班一群人在吸菸區聊得熱鬧，你一言我一語地討論著江成允的菊花，毫無修飾粗鄙的評論淹沒在一陣訕笑裡。

江成允只是聽著，他沒有衝出去理論、咆哮或怒罵。只是靜靜聽著，然後將一字一句，連同苦澀的咖啡吞進肚裡。

風起，煙散。

樓梯口只剩一攤逐漸乾掉的咖啡，及掉落在旁……孤零零的杯蓋。

「停、停！不是說好這裡翻進車底後，面對我時你的表情要嚴肅一點。你真的有用心演嗎？再來一次。」

江成允激動的聲音凍結在空氣中，嚴厲地質問從車底爬出的特技演員。

「……既然你覺得我沒用心就換人吧，這一幕我不演，可以吧！不然你叫編劇改劇本啊。」

歷經四十七次的NG，特技演員的小鄭終於在第四十八次時動怒了。

「你耍什麼大牌啊？沒有演技的人有什麼資格挑劇本？」江成允不敢相信自己耳裡聽到的。

「我是在教你，本來場跟場之間的情緒轉換表現就不容易，難道不該認真？」

「要大牌的是你吧？你是影帝又怎樣？你是導演還是武術指導，憑什麼一直指使我？我覺得我已經很嚴肅了，你到底要我演得多嚴肅！」

遭到狠批，小鄭也不甘示弱地怒吼出來。

江成允與小鄭突然爆發的爭執，讓在場的導演還有工作人員們都嚇了一跳。

尤其是楚安安，原本還在用手機的他馬上關掉螢幕，專注於江成允的方向。

雖然江成允向來就不是好脾氣的人，甚至有點任性，可他非常注重人前的形象，即便遇上白痴對手演員或是重度瘋狂紛絲，抑或無腦的工作人員，他都能保持笑容，不會外洩自己真實的情緒。

可是今天，他居然生氣了，而且是真的生氣。

◎　◎　◎

或許是與楚安安有一樣的想法，站在角落的辜詠夏轉頭，與楚安安對視一眼。

辜詠夏緊盯著前方的江成允和小鄭，有些不安，於是用眼神示意京雅一起注意。

突然被小鄭飆吼，並沒有讓江成允膽怯，反而讓他心情越發惡劣，再加上中午又聽到他的閒言碎語，如此種種，無形中加深了江成允對小鄭的敵意與偏見。

他眯起眼睛看著小鄭，疾言厲色地說：

「請你尊重演藝專業，這是一部戲劇。你既然和我有露臉的對手戲，那就麻煩請你拿出戲裡的情感來面對我，動作片也不是只會動手動腳就好。」

「你……王八！」

小鄭未再接續，沒說出的話直接換成拳頭，重重落在江成允的臉上。兩人扭打起來，小鄭更逞身俱武術之利，硬是把江成允壓在地上。

演員們起爭執已經夠讓旁人心驚膽顫了，沒想到主角還被替身打，楚安安、京雅及周圍的工作人員嚇得一齊湧上，十幾個人、二十幾隻手奮力將兩人拉開。

「小鄭哥，你冷靜一點！」

看見小鄭似乎還想出拳，京雅急得大叫。

此時，啪——辜詠夏朝小鄭的左臉揮下警告性的一掌。

「你知不知道自己在做什麼？」

辜詠夏聲音嘶啞，如雷震耳，瞬間每個人都僵在原地，沒了動作。

「我知道！可、可是、是我就是嚥不下這口氣，他、他瞧不起我。」小鄭捂著臉，不服輸地反駁。

「嚥不下就能動手？」

「可是……」

「你這樣就跟他說的只會動手動腳有什麼兩樣？」

「……」

「向演員道歉。」辜詠夏下令。

小鄭沉默不語，不知道在想些什麼，但眼神明顯充滿不甘心，他凝視了地板好一會兒，幾分鐘後才不情願地開口，「……對不起。」

小鄭的道歉非常含糊，聽起來也缺少誠意，不過江成允也沒打算追究，他微微點頭，當作接受。

辜詠夏叫小鄭道歉，除了動手有錯在先外，還多了一層私心，眾人無不如此認為。就在大家以為事件和平落幕之時，辜詠夏卻轉頭對江成允說道：

「現在換你跟他道歉。」

「什麼？」

不只江成允一臉驚訝，連小鄭也很訝異。

「我說，現在換你跟他道歉。」

辜詠夏的語態完全是命令的形式。

「……是他先動的手。」

「關於他先動手的部分我已經要他跟你道過歉了，現在換你跟他道歉。」

江成允用眼神表示抗議。他沒想到辜詠夏在眾人面前，居然會不顧「戀人身分」。

這個小鄭在背後把你講得多難聽，你不知道嗎？

「憑什麼？」

此話一出，只見全場工作人員皆倒抽一口氣。

江成允不願認輸地反駁。其實他想說的話有好多，不過結語只濃縮成三個字。

一旁的京雅原本想打圓場，但又覺得有些疑惑跟礙難。現在這情況，到底算是演員之間的不合呢？還是情侶之間的磨合呢？

「我們是特技演員，不是來跟你走感情路線的，也請你尊重我們的專業。」辜詠夏看著江成允說。

「呃……」

「沒有什麼是絕對完美，我們能做的也是盡量配合。這場戲小鄭陪你磨了快五十次，我想這五十次也並非每次都不能用吧，你有注意到他的大腿都已經磨出血了嗎？」

聽見辜詠夏的反問，眾人一致往小鄭的大腿看。只見小鄭腿上耐磨的衣料沒破，但的確沾了血的痕跡。

江成允有點羞愧地低頭，只是又回想起小鄭在吸菸區說的那番話，心裡怎麼也過不去。

其實不用辜詠夏來說他也知道，特技演員就只負責特技。他對戲的吹毛求疵只不過是為了掩蓋自己對武打不到位的自卑而已，正因如此，他更要用演技來扳回一城。

辜詠夏繼續說，「我們是你的特技演員，理當承受你的疼痛。但請你別忘了，我們的疼痛沒有替身。」

我們的疼痛沒有替身。

這句話狠紮在江成允胸口，他咬了咬下唇，只丟了句「我很抱歉」，頭也不回地離開片場。

看著江成允消失在片場，京雅慌張地問：「詠夏哥，你不追嗎？」

「不需要。」

「可是……」京雅不安地來回看著辜詠夏及楚安安，似乎希望楚安安能幫忙說點什麼。

但楚安安兩手一攤，表情無奈。

「不用理他。」辜詠夏說。

換京雅不懂了，電視上不都是演女主生氣跑走，男主都要大步追上，這樣才能解釋衝突，所以……男男之間吵架是管他去死就對了？

原來男人跟男人之間的戀愛這麼豪氣。

辜詠夏微微嘆息。

並非他不想追，也不是不知道江成允的情緒為何有如此大的波動。稍早他在去吸菸區的樓梯轉角時，就聽見小鄭及其他人鄙視的話語了。當然，也看見縮瑟在門邊，一臉鐵青的江成允。

就讓江成允獨處一下吧……此刻為那自尊心比常人強百倍的人留一點空間，才是正確的。

主角都離開了，拍攝自然也無法再繼續，所有人面面相覷。導演見劇組氣氛不是很好，於是宣布今日提早收工。

◎　◎　◎

「你在看什麼？」

一道細啞的嗓音，混著梅雨的雨滴聲，在某天夏日的午後闖入了江成允的世界。

在這個糟透的十六歲夏日午後。

江成允站在自動販賣機前，發現沙啞嗓音的主人是一位個子大約高他半顆頭的少年。

少年好奇地問，視線赤裸裸地在江成允泛著水氣的眼眶及他手上的劇本來回游移。

江成允盯著不知道從哪裡冒出來的少年呆愣了一下，硬是將掛在眼角的淚吸了回去。他別過頭，不再看這個唐突的少年，選擇眼不看為淨。

雨不停地沿著自動販賣機旁的簡易遮陽棚順流而下。

白紅相間、半圓形狀的小遮雨棚，寬度僅能容納一人半。而少年站在遮雨棚外，不斷滴落的水滴像一串串剔透的水晶珠簾，將江成允與少年隔出兩個世界。

雨落在少年的髮上、肩上……雨水逐漸浸透了少年的衣服。布料浸水的部分像極了水彩在紙上渲染開的模樣。

江成允抬頭看了少年一眼，默默地往左邊跨了一小步，挪出空位來。

少年笑了，他擠身到江成允旁邊，與他並肩站著。

「你在看什麼？」

感覺像得到江成允的許可，少年盈盈地笑了，又問了一次。

「不關你的事。」

「也許我能幫你。」少年說。

「不用你雞婆。」江成允吸了吸鼻子，手中的劇本不自覺地愈握愈緊。

雨持續下著，完全沒有放晴的跡象。水氣一下子驟增，空中的溼度讓江成允肩頭縮起，也許是冷意使人脆弱……

須臾，江成允失魂地望著前方因霧氣而模糊的景色悠悠開口：

「導演說我演得很差。」

「我有聽到。」

「我這場戲NG了快一百次。」

「我有看到。」

「一下哭一下笑的，真的很難演。」

「我想也是。」

「……」

冷意使人脆弱，江成允連耍嘴皮子的話都反駁不了，在這一秒，有人願意聽他說話就很好了。他衷心認為。

這時，從雨中乍然飛進一隻蟬，驟停在江成允的左胸前。

雖然蟬沒有發出刺耳的鳴叫，但對於都市的孩子來說，看見蟬停在自己身上的驚嚇成分仍多過驚喜，江成允一時被嚇到不敢動。

然而，只見身旁的少年緩緩轉身，沾著雨水的手掌輕柔地攏住靜停在江成允胸前的夏蟬，將牠移往旁邊的樹幹上。

在少年趨身靠近江成允的霎那間，江成允彷彿聞到一股淡淡的、清麗的香味。但是等到江成允再仔細一聞，周圍除了濕氣的味道，再無其他，一切宛如他的錯覺。

「對了！」少年將蟬放回樹幹上，忽然像是想到什麼似的猛然回頭，雀躍地說道：「我給你個東西。」說著，少年從口袋裡掏出一捆紙膠帶。

這是他和姊姊吵架，一氣之下從姊姊桌上偷來的。

紙膠帶上印著一隻隻蟬的圖樣，蟬的薄翼還用金邊勾勒，非常精緻漂亮。

「你看這蟬張開翅膀的樣子，像不像一張笑臉？」

「有一點。」

倒著看確實有點像。江成允心想。

「那這隻像不像哭臉？」少年指著膠帶上其它的蟬又問。

江成允微微點頭，雖然他一開始覺得不像，但被少年這麼一說，他也開始覺得有幾分相似。

少年抿唇一笑，一手接過江成允手裡的劇本，邊撕下一節紙膠帶貼在其中一頁上，「你看，這張笑臉的膠帶貼在開心的場次……然後，這個像哭臉的就貼在難過的場次。」少年一面解釋，一面替江成允的劇本全都貼上了紙膠帶。

「好了！這樣你只要看到劇本上貼的膠帶，不用看內容也知道等等該高興還是該難過了。」少年笑了，雨也停了。

少年又開口……好像還說了些什麼……

少年好像還說了些什麼。不過江成允的回憶到此為止，之後記憶括弧裡的空格他一點都填不起來。

少年最後說了什麼，就如同早晨驚醒的夢境一樣，瞬閃即逝，總在即將要想起的剎那轉為一片空白。

然而十年後的今日，就如同十年前的那一天一樣，同是一個下著雨的悶熱夏日。

江成允獨自坐在自動販賣機旁，當年紅白相間的小遮雨棚已換成波浪狀的鐵皮。

他鬱悶地把玩手中那只剩薄薄一段黏在紙捆上，已經用盡的紙膠帶，不斷回想著那天下午與少年的相遇。

那天雨停雲散，他照著少年自創的「情緒分類法」，在看劇本之前先在腦中大致想像開心或難過的情緒，然後再細看戲的橋段及細節，果然下午演的感覺比上午還要順暢，連導演都稱讚他的演技跟之前不同，簡直脫胎換骨。

江成允非常欣喜，下戲後他試圖尋找那名在雨中陪伴他、高他半個頭的少年。

可惜的是，片場沒有任何人對這名少年有印象，宛如灰姑娘只留下一隻玻璃鞋，少年只留下了一捲紙膠帶，然後消失。

掌心裡的紙膠帶，一看就知道是做工十分精緻的精品，這種膠帶意在收藏，而非使用。江成允不懂，直到把紙膠用到耗盡才發現這種精品文具再也買不到了。

往後江成允迷上紙膠帶，他開始收集各式各樣能勾起他不同情緒的圖案或顏色。

而這捲描繪著蟬姿的紙膠帶也成為他的心靈慰藉，每當他在演藝上失去信心時，他總會看看這捲膠帶來沉澱自己，多年下來，這也成為他的習慣。

蟬翼上塗抹的金粉，在江成允經年累月無數次的撫摸下，失去了原有的華麗，只剩上金邊的膠痕。

江成允沒再見過那名少年……只有這捆膠帶，證明他們曾經相遇過，在那個夏日的雨中。

「在看什麼？」

「嚇！」

辜詠夏的聲音無預警地從江成允的背後鑽出來，害他心跳狂顫了一下。江成允下意識把手揹在身後，想藏起那捲膠帶，縱使他並不清楚自己為何要隱藏。

「關你屁事。」

「當然與我有關，我們是戀人嘛。戀人之間不該存在祕密，你說是嗎？」辜詠夏說得理所當然，語氣裡還特別強調戀人兩個字。

「我跟你不是戀人。」

「你這樣回答好嗎？被粉絲聽到怎麼辦？」

「無所謂。世界上哪對情侶不吵架？」

語畢，江成允用鼻子哼氣，一想到剛才被逼著向小鄭道歉的事，他就一肚子火。

「……你剛才在看什麼？」

辜詠夏跳過江成允的反問，長長的睫毛順著視線停在江成允揹在後方的手。

「都說了跟你無關吧！」

江成允撇了撇嘴，沒有要回應的打算，殊不知辜詠夏直接一步向前抓住他的手腕，硬是要看他手裡的東西。

「放手！」

兩人在販賣機前上演你抓我藏的戲碼。

「痛！你腦袋有洞啊。」

其實也就是一捲用剩的紙膠帶，江成允也沒什麼好怕給人家看的，但他沒料到辜詠夏會突然這麼強硬，於是脾氣也跟著硬起來。

「誰叫你要瞞我。」

「啥？」

一瞬間，江成允搞不懂辜詠夏這男人是怎樣，剛剛人前還把他批得體無完膚，一副他是老大的態度，現在端什麼男友架子，搞屁啊。

然而江成允愈是反抗，辜詠夏就抓得愈緊，直到江成允的手發麻再也握不住，他手臂一揮，甩開辜詠夏無理的箝制。

「叫你放手，痛死了！」

江成允嚷嚷著，但下一秒，只聽見咚一聲，紙膠帶從江成允的手上滑走，硬生生滾進兩人腳前的水溝裡。

「啊……」

「……我的……」

江成允頓時失聲，不顧還下著雨，他跑出鐵皮的範圍外，蹲到吞噬了膠帶的水溝邊，他不顧骯髒地抓著水溝蓋緣，企圖扳移水泥灌成的溝蓋。水溝與路面的接縫卡了腐爛沉積的淤泥，牆邊還附著幾坨受到驚嚇刺激，而不斷蠕動的不知名小蟲。

只是沉重的蓋子才剛被掀出一道細縫，隨即又滑落下去，水泥塊的邊角刮破了江成允的手指。

江成允想都沒想就俯身，試圖再搬一次，但這動作被辜詠夏一手擋了下來。

「你幹嘛？」

「找啊。」

江成允一臉「你在問廢話嗎」的表情看著辜詠夏。

「在下雨啊先生，想也知道東西八成早就被沖走了，你找也沒用……」

辜詠夏說著，卻愈說愈慢。

他看見江成允那對少了尖利，只剩失落的眼神，滿滿的失落。

江成允垂下眼，掛在睫毛上的雨滴修飾了他卡在眼眶的淚。

哪需要辜詠夏提醒，江成允在膠帶滾進水溝的瞬間就知道……恐怕是找不回來了。

「……那是什麼東西？我賠你吧。」

過了一會兒，辜詠夏開口。

「不用了。」江成允垂下頭補述，「那是別人送的，現在想買也買不到了。」

「……那……很重要嗎？」

手指溫柔地抬著江成允的下顎，辜詠夏自責地問道。

指腹輕輕抹去眼角沒有流出的淚水，他並無意讓江成允露出這樣的表情。

心，在胸腔裡抽痛。

那膠帶很重要嗎？江成允自問。

或許吧。或許是重要的……但也或許沒那麼重要……

天下哪有不散的宴席。對人是如此，對回憶也是。

「也還好……」江成允撇頭，小聲否認可嘴角卻咬出了血絲。

這股傷心他表現不出來，在真實的人生裡，悲傷這種情感到底要如何呈現，江成允真的不知道。

◎　◎　◎

「掉了？」

楚安安的眼睛因吃驚而瞪大，拿著蒸氣熨斗的手懸在半空中。

「對。安哥，你知道那是什麼嗎？」

辜詠夏坐在沙發上，看起來相當懊惱，雙手交疊呈祈禱的手勢，將額頭靠在手上。

自從「東西」掉了之後，江成允整個人就像失去靈魂一樣，縱使在鏡頭前的表現和往常一樣完美，不過只要一離開鏡頭，江成允整個人便陷在一種生人勿近的氛圍裡。回到家也是倒頭就睡，連定時交作業的ＩＧ都沒發。

無論辜詠夏怎麼詢問那東西到底是什麼、要賠給他，江成允都只說沒關係。相反的，江成允淡然的回應反倒讓辜詠夏不知所措，他寧願他像之前生氣一樣又叫又跳，指著他罵著與螢幕形象完全不合的粗話，也不要他像沒發生任何事一般，平靜過頭到可怕。

「難怪他最近心情很糟。」

楚安安恍然大悟，將熨斗口抖了抖，掛起來。

「所以安哥知道那是什麼嗎？」宰詠夏舉起雙臂往上拉，舒展肌肉緊繃的背肌，「安哥做了十年的經紀人，應該多少有看過吧？」

「他沒有抓狂？」楚安安越過宰詠夏的問題，自顧自繼續問。

「沒有。」

「沒有發瘋？」

「沒有。」

「沒有踹你雞●？」

「沒有。」

「……」楚安安抿唇盯著宰詠夏一會兒，接著又用疑惑的語氣問，「還是其實你被踹到蛋蛋，然後痛到失去意識，不記得他有對你發飆過？」

「沒、有。」

宰詠夏鄭重地否定一次。

「怪了……那東西他一直很珍惜的說，平常都會用透明袋包好。我以前不過是差點丟掉，他幾乎踹爆我胯下耶。我那時候蛋蛋淤血，還送急診呢！」

聽到辜詠夏的回答，楚安安手托著下巴，一臉不可思議。

「所以那到底是什麼東西？」

「這……我也不清楚耶，只記得他說過是重要的人給他的樣子。」

最好不清楚！

辜詠夏的火都要從腳底燒起來了，看楚安安賊兮兮的態度，絕對百分之一億知道那「東西」是什麼。他不明說，純粹是楚安安愛整人的惡趣味。

辜詠夏明白再怎麼問也不會有答案，乾脆作罷。

「……算了。」他說。

「咦？這麼簡單就放棄了？」

「反正你不會說。」辜詠夏閉上眼假寐，懶得再看楚安安。

那天下午江成允被他罵得可憐兮兮，獨自窩在自動販賣機旁，他原本想上前跟他道歉，靠近後卻發現，江成允正用一副難以言喻的羞澀表情，直盯著手中的東西看，甚至完全沒察覺他的靠近，這叫人怎麼能不發火？

發現自己喜歡的人眷戀著其他人，任誰都沒辦法保持平常心，辜詠夏也是。

那一刻，心裡湧出不甘與難過，他簡直要被自己滿出來的醋淹死了。

自己居然對東西吃醋，還壓制不了衝動，真是太幼稚了。

「幹嘛？你很在意？」楚安安問。

看辜詠夏垂頭喪氣，像隻落寞的小狗，楚安安挺起身來用力擊掌，「決定了，你們晚上去看電影吧！」

「電影？」辜詠夏不解。

「對。去看場電影，轉換一下氣氛。」楚安安眨眼，又說，「前一陣子二輪電影院在輪播影帝姜銃盛的經典名作，雖然我們都很想看，但就是抽不出時間。最近快下片了，你等等帶他去看吧。我想他心情會好一些。」

辜詠夏思索了一下，點點頭。

他知道這是楚安安替他想的補償方式，畢竟那天江成允也說過了，那東西再也買不到。既然如此，就算賠個相似品也只是徒增空虛罷了。

第五章

一頭棕色頭髮，名叫嗎啡的男子緩緩下車，他遠眺著被薄霧壟罩的山谷，青綠的山嵐沿著一峰又一峰起起伏伏，環繞眼前。

山間雲霧繚繞，這裡是嗎啡的出身地，也是他與已逝妻子的家鄉。

這時一陣涼風颳過，捲走他繫在頸肩的領巾。

嗎啡深不見底的雙眸遙望著被風帶走的領巾，看它乘著自由，遙飄在青綠的山與空之間……

電影結束在一片飄渺的山嵐裡，江成允的眼淚也跟著片尾曲流下。

江成允與辜詠夏隱身在幽暗放映廳裡的一角，等到觀眾三三兩兩散去，他們才戴上眼鏡、口罩，一前一後地從狹小的廊道中走出來。

出了放映廳，兩人夾在寥寥無幾的客人中下樓，辜詠夏自然地牽起江成允的手，不想被江成允甩開。

「不要再鬧了，你應該知道有狗仔在跟拍吧？」

辜詠夏彎腰附在江成允耳邊悄聲說道，且不顧對方掙扎的雙手，再次強勢扣住那帶點彆扭的手腕。只是他這次有好好克制力道，留心別再掐痛江成允。

「那又怎樣？」

江成允對辜詠夏的舉止有些火大，他真的很討厭這個男人指使他該怎麼做。

「等一下！」

「你很……煩……啊！」

他皺起眉頭撥開辜詠夏的手，誰知卻重心不穩，一個踩空，整個人往樓梯下墜。

一時間，周圍的空氣都凝結了。

江成允的腦中一片空白，在視線刷黑之前，透過彼此眼前的鏡片，他彷彿看見辜詠夏那原本鮮少有波瀾的瞳孔激出一抹緊張的神色。

辜詠夏傾身向前，反手一拉，靠迴力順勢轉身，將江成允一把扯回懷中，用自己的背替江成允承受樓梯面的撞擊。

二輪電影院年久失修的漆牆被兩人墜落的衝擊力震得剝落好幾塊漆片，兩人意外跌落也引來一些民眾驚呼。

江成允吃痛地爬起身，意外自己沒怎麼受傷的同時，驚覺是辜詠夏替自己做了墊背。

他忘記自己正在鬧脾氣，緊張地拍拍辜詠夏的側臉。辜詠夏緩緩睜開的眼盼，使江成允不安的心瞬間鎮定下來。

「你在幹嘛啊？超危險的你知不知道？要是……」

江成允因擔心而發怒，只是話才說到一半，就感受到一股暖意滑過他的臉。

辜詠夏伸手，掌心輕貼住江成允微抖、發涼的臉頰。

「有哪裡受傷嗎？」

他問，語氣溫柔得可以，讓江成允的心開始愈跳愈快。

他發現自己還趴在辜詠夏身上後，頓時臉頰嫣紅一陣。

「沒有……」江成允趕忙站起來，作勢拍灰塵，企圖掩飾自己過大的心跳聲，「還有下次不要這樣了。」

「替你受傷是我的責任。」辜詠夏坐起，凝視著江成允笑了一下，「你不用擔心，我們摔習慣了，就三四階樓梯而已，還好。」

「好個屁！跟你在一起就會有意外！」

江成允小聲抱怨，用另一種方式緩解那股說不出的尷尬跟悸動。

辜詠夏邊說邊起身的同時，兩人的身分被認出，不但多惹來好幾個人圍觀，更有人拿出手機開始大剌剌地拍起照來。還好只是在二輪電影院，要是一般影城，恐怕已經暴動了。

瞥見江成允泛紅的臉頰，辜詠夏心頭一緊，立刻抓起江成允的手臂，將他拉離群眾的視線。

江成允沒多說什麼，只是跟著辜詠夏走。

一定是感冒的關係！江成允心想。

一定是他看電影時喝了冷飲又吹了冷氣，所以他一定是感冒了，才會感覺渾身如此滾燙！

江成允任由辜詠夏拉著他，把自己身體的熱度推卸給根本連涼爽都算不上的空調。

◎ ◎ ◎

「噓！不要講話。」

辜詠夏壓低聲，在江成允耳邊低語。

他用精實的胸膛把人強壓在牆上，激烈地吻咬江成允發腫的紅唇，四片炙熱的唇瓣互相索求交疊。

空曠的停車場中，迴盪著兩人微喘的氣息聲。

江成允被吻得缺氧，愣得一時站不穩。辜詠夏一把扶住江成允癱軟的腰，略為粗糙的手掌不由分說地扣住他的下顎，手指順勢撬開他微張的嘴。

辜詠夏將舌頭伸進江成允濕潤的口腔裡。

驚覺對方把舌頭伸進來，江成允本能性地想閃躲，但礙於角落有道緊緊盯著他們兩人的視線在，江成允只好伸手，輕撫上辜詠夏的頸肩，紅著臉害羞地回吻著。

過了一會兒，直到確定隱身在角落的人影消失，江成允才猛力推開辜詠夏，從他懷裡站起來。

辜詠夏頭戴著繡有潮牌字母的棒球帽，也被江成允推拒的反作用力推落在地。

「夠了吧你！沒想到你還伸舌頭！！」

江成允瞪著辜詠夏，抹了抹嘴，方才被吻的嬌羞神態早已不見。

「你太大聲了。」

辜詠夏撇了一眼彷彿害羞被沖進馬桶的江成允，撿起帽子戴上。

「反正狗仔已經走了！」

他說服自己，剛才之所以不抗拒這個吻的理由，完全因為有狗仔偷拍。

「哦？」辜詠夏聳了聳肩，透出微微嘲笑，「之前不知道是誰說，既然要假裝交往，那不管台上台下，這戲就是要演好演滿？」

「滿你大頭鬼！」

眼看江成允終於恢復成平常的樣子，辜詠夏心裡舒坦許多。

江成允秒速朝辜詠夏翻了一記白眼，不情願地坐進車裡。

幫江成允關上車門後，辜詠夏鑽進駕駛座，發動引擎。江成允坐在一旁的副駕駛座上有些鬱卒地滑開手機，檢視明日拍戲的日程，只是才看沒幾分鐘，卻接到經紀人傳來曖昧的笑臉貼圖及一串新聞連結。

點開連結，果然是他與辜詠夏剛才在停車場接吻的照片。

也許是這幾日都沒消息的反作用力吧，如果新聞下方的留言區能夠用溫度計算，那絕對足以滾沸好幾缸柏油。

網頁上附的照片不只是舌吻照，還有在樓梯口摔跌的畫面也一併刊了出來。江成允默默看了好一會兒，糾結的眉毛一直沒舒坦過。

他替他做了墊背……不知道他有沒有受傷？

還有……他還沒向他道謝。

江成允心頭冒出一絲絲愧疚感，正想開口道謝，卻被搶先一步。

「不用那麼氣吧？又不是初吻。」辜詠夏說。

他從擋風玻璃的反射中瞄見江成允的手機畫面，以為他還在氣故意秀給狗仔看的舌吻。

接收到辜詠夏近似嘲諷的言語，江成允有種好心沒好報的感覺，他用力掐掉手機螢幕，沒好氣地回嘴：

「對！不是初吻，沒關係。反正我的初吻早就不知道在什麼地方，不知道被哪個演員，或哪個演大嬸的什麼鬼接收了。」

不知怎麼搞的，江成允眼前忽然浮出那個雨中少年模糊的身影，想起了那捲不知流向何方的紙膠帶……他弓起雙腳，兩手環膝，下顎輕輕抵在膝蓋上，寓意深遠地長嘆了口氣。

初吻……啊……

他也很希望自己的初吻還在啊，要是還在就好了。

可是就算初吻還在，又能怎麼樣呢？

「嘖，不要踩椅子。」

「這我的車，你管我！」

江成允耍性子回嘴，又開始鬧起彆扭。

明顯感覺到江成允有些陰鬱的氣場，辜詠夏的額頭也跟著皺緊起來。

「那是重要的人給你的吧？我弄掉的東西。」他轉移話題，試探性地問。

「沒，談不上重要。」江成允眼神轉暗，過了幾秒語氣淡然地否認，「……那只是一個教我演戲的人給我的。」

「喔。」辜詠夏回得比自己想像的平靜。

是那個演嗎啡的人嗎？

這問句在辜詠夏心中重複了一遍又一遍。

他很想問，但直到車停進家中的停車格為止，終究沒有勇氣問出口。

◎　◎　◎

「奇怪、奇怪……」

楚安安雙手環胸，在走廊來回踱步，嘴裡唸唸有詞。

照理說，昨天辜詠夏與江成允看完電影，又在停車場激吻，氣氛正好，兩人今天就算用演的也該像往常那樣甜甜蜜蜜啊！

但是，沒有。

江成允和辜詠夏今天完全像兩個分開的個體，分別行動，也沒有說話。而且仔細觀察，就看得出是江成允單方面迴避辜詠夏比較多。

「這真是太奇怪了！」

中間一定有什麼事。

「安哥，你從剛剛就一直在奇怪什麼啊？」

京雅拎著兩大袋便當，從後頭冒出來，帶點稚氣的臉龐夾著不解。

楚安安轉向京雅，看見他拿得頗吃力便替他提了一袋，順勢問道，「噯，我說小京啊！你昨天晚上有跟詠夏對行程嗎？」

「嗯！有啊。呃……不過不是昨天晚上，是今天凌晨。」

「幾點？」

「兩點快半的時候吧？怎麼了？我有什麼漏掉了嗎？」京雅愣了愣，不了解楚安安這麼問自己的用意，有些惶恐，深怕是自己哪裡做不好。

「沒事，我想想……兩點半啊……」

楚安安推測起來，停車場舌吻的新聞約一點半，到家兩點多，京雅兩點半跟詠夏對行程，他自己則是三點跟江成允對稿到快四點結束。然後早上九點他去載人，十點到片場。

再說兩人早上都十分有精神……這樣看下來，中間空著的五個小時就真的只是睡覺了。

「怎麼了嗎？」

「沒有，只是覺得這兩個人進展有點慢……」楚安安喃喃自語。

「唉！你也覺得？」京雅嘆氣，把便當分放在桌上。「詠夏哥看上去確實是帥帥的，感覺是二話不說就直接把人撲倒的類型，但他其實超沒種的。」

「嗯嗯。」

楚安安點頭如搗蒜，表示同意。

的確，都同居快一個月了，除了種草莓變舌吻之外，一點進度都沒有，根本等於平行發展。要是他，同居第一天絕對就會把對方吃乾抹淨。

「是吧！他總是在關鍵時刻退縮，像昨天的停車場激吻，接下來應該車震啊，還回什麼家！害我昨天等新聞等半天，打電話給詠夏哥才發現居然沒有後續！」

十九歲的京雅講得義憤填膺，楚安安則繼續點頭。

真的真的，正所謂皇上不急急死太監，他在旁邊都快憋出痔瘡了。

突然，楚安安和京雅有志一同地對看。

「沒想到我們居然這麼合拍！想法一樣！」

楚安安慷慨激昂。

「真的！」

京雅情緒也很高漲，為遇到同道中人而感動。

「不能再這樣下去了！」

「沒錯！」

「我們一定要做點什麼！」

「就是！」

「來，我們來擬定作戰計畫！」

「Yes sir……啊！！」京雅五指併攏貼眉敬禮，卻突然駭叫一聲。

「怎麼了？」

「我忘記拿便當的筷子了！」

「我跟你回去拿，邊走邊討論。」

「喔、喔，好！」

楚安安與京雅兩人，你一言我一語，賊頭賊腦地離開休息室。

◎　◎　◎

一大早，晨間新聞就預告今日有機會迎來今夏的最高溫。中午一點，就應驗了天氣預報。

片場大門敞開，還加設了好幾支電風扇，全是為了應付連日來節節升高的氣溫。片場除了女性工作人員之外，能打赤膊的幾乎都打赤膊了。

結束今天最後一場武打的特效戲分，電影就算正式殺青，因此片場所有人的情緒都很浮動，連平常油腔滑調的導演都罕見地嚴肅起來。

而經歷過前幾天的爭吵，江成允和武家班的特技演員們之間更多了一道無形的隔牆。

『停——！』

江成允和小鄭還吊著鋼絲懸在空中，聽見擴音器裡傳出導演大大的暫停聲。

只見導演繞過一大片綠屏，指使工作人員把人放下，從遠處的攝影機旁朝江成允走了過來，

「小江，不是說好這裡小鄭吊上去之後，接這個鏡頭時你要轉身嗎？我知道在空中定點翻身不太容易，但這場拍完就殺青了，好好做不要急。」

「是。」

導演說完，離開前特意拍了江成允的背說小聲說：

「小江，前天就算有不愉快，那都過去了，你看小鄭不是好好的？他也沒怎樣。你不要心存芥蒂，配合武打，大家都方便。」

「我明白的。」

江成允只是點頭，拉了拉卡在腰上的安全帶，餘光瞄見站在導演身後一臉得意的小鄭。

導演以為江成允今日的反常是因為之前與小鄭發生爭執的關係，所以才不斷NG，可事實並非如此。不是江成允心有芥蒂，而是今日一上工，小鄭便全程無視他，練習套招時也是自顧自地做，完全沒有要跟江成允對動作的意思。

稍早練習時，江成允的耳朵不小心遭小鄭的踢腿揮到，導致現在左耳有些耳鳴，連帶著方向也有些拿捏不穩。

雖說練習當下，他也曾懷疑小鄭失誤的踢腿是否含有挾怨報復的成分，但武打戲的套招全是在出手快擊中前點到為止，本來就很難控制到零失手，多多少少都會受傷。更何況今天的武打戲需要吊鋼絲的場合頗多，人體在空中擺盪，力道更難掌控。

所以即便江成允心中對小鄭的失誤存疑，也只能啞巴吃黃蓮。

『先放飯，之後的下午繼續！』

導演察覺出江成允面露難色，於是下令先放飯，給劇組喘息的空間，也給江成允一些情緒緩衝的時間。

「我說你，真的不需要跟導演說嗎？我認為你感覺不太好。」

午餐過後，楚安安把水壺中的茉莉茶葉瀝掉，再添了點熱水，捧到江成允面前擔心地說。

不是他私心要把江成允的傷小事化大，大事化更大，而是他看見江成允剛才走到休息室的這段路就像個醉鬼，走起路來有些搖晃。

「要怎麼說？今天是殺青，說了劇組一定會延拍，不能再讓人覺得我難搞了……」

江成允接過熱茶，揉了一下些微發脹的左耳，懊悔上次擅自離開片場的舉動。那是他從影以來第一次脫序。

「你本來就難搞啊！」

江成允把重心靠在椅背靜默喝茶，眼睛不忘從杯緣邊縫瞪楚安安。楚安安則是擺出鬼臉，嘴中還發出哩哩哩的聲音耍痞，根本沒把江成允的怒視放眼裡。

「噯！你跟小夏做了吧？」

噗——！

楚安安天外飛來一筆，都還沒問完，一口熱茶就瞬間噴在臉上，還附帶幾點茶葉渣。

「噁啊，噁心死了！你有點氣質行不行？」

「咳、咳……咳！氣質個頭啦，誰叫你問那什麼爛問題。」

「是很有根據的問題好嗎？」

在片場上，江成允與辜詠夏的互動是沒有太大變化，但江成允的眼神總是在有意無意地交會後閃躲，如此張揚的眉目傳情，楚安安怎麼可能看不出來。

「扯！」

「是喔？你們沒做嗎？」楚安安明知故問。

「咳，沒做。」

「好可惜喔！你看到詠夏今天打赤膊都沒有反應嗎？他有鯊魚線耶！還有帥帥的刺青。」

「鯊魚線我也有啊！是要對鯊魚線有什麼反應？我在工作耶。」

「意思是沒工作就會有反應嗎？」楚安安譏笑。

「你這麼中意他，幹嘛自己不吃？」江成允沒好氣地反問。

不過說到反應，江成允倒是心虛起來。他總不能告訴楚安安昨天洗澡時，想起在樓梯口跌倒時不小心摸到了辜詠夏的腹肌，於是在浴室用他當配菜擼了一發的事吧。

想當然，江成允心虛的姿態怎麼可能逃過楚安安的法眼，於是趁勝追擊。

「噯，你有沒有看過他雞●？」

「我怎麼可能看過他雞●！」

「是喔！你知道嗎？以前當兵時，辜詠夏是我下一梯耶，而且他洗完澡都不穿衣服的，他睡覺也不穿衣服喔。」

「你一直講這五四三的到底要幹嘛？他在家會穿衣服啦！」

「沒有啊，只是想跟表弟分享分享以前當兵的回憶。」

「我不想知道別人雞●的回憶，謝謝。」

「你真的不想知道嗎？」

「真心不想。」

「呿！」楚安安一臉無趣。

這時手機響起，劇組傳來訊息：『**提醒十分鐘後開拍。**』

楚安安收起打鬧的情緒，快速整理桌面雜物，卻發現江成允的額頭微微滲出幾滴細汗……他盯著倒在沙發上的江成允忍不住問：「我說你是不是真的很不舒服？」

「沒有。」

「你確定？」

「我能撐，好嗎？」江成允丟出問句，但語氣堅定。

片刻，楚安安呼了口氣，明白多說無用。躺在他對面的，是個即使發燒到三十八度，也能台詞無NG的男人。

「……好吧，先暫時相信你。不過，等等殺青宴之前，一定要先給我去趟醫院。知道嗎？」楚安安還是不放心，瞅著江成允的眼睛，語重心長叮嚀著。

「知道了，你好煩。」

江成允揮揮手，敷衍的態度一如往常，跩得二五八萬，看似沒什麼需要擔心。

但是為什麼，眼皮忽然跳不停呢？

楚安安按住右眼皮，提著收拾好的垃圾袋離開休息室。

◎　◎　◎

『好，準備。』

副導的聲音迴盪在寬廣的片場，工作人員們的動作全像是調成兩倍速一般，加緊進行。

聽到預備指示，江成允將血球塞進下顎，雙手提起、扣上安全釦，拉出腰布遮掩釦環的痕跡。

梳化師在江成允的薄唇點上最後一筆杏紅後，快速撤出鏡頭。

然而此刻，江成允突然感覺頭暈目眩，有些噁心，耳鳴的狀況似乎有趨劣的情形，他滾了滾喉嚨，想著只要撐過去就好。再說片場的擴音器很大聲，不至於影響指令的接收。

江成允稍稍眨眼，等待正式開拍的指令。

「你沒事吧？」

辜詠夏渾厚的嗓音突然傳進他耳裡，江成允才張開眼，跳進他視線的居然是辜詠夏大大的臉。

他將額頭貼在江成允的額頭上，鼻尖與唇差幾毫米就要碰到了。

兩人距離如此之近，他看到辜詠夏打著赤膊的上身，充滿男人味的汗水從髮梢滴落鎖骨、滑過胸肌，最後緩緩流到側腹的鯊魚線上。

如此曖昧的景色看得江成允有好幾秒忘了怎麼呼吸。

「你幹什麼，要開拍了！」

他倒退一步，躲掉辜詠夏趨近的體溫。

辜詠夏瞇起眼，表情明顯不悅，他寧願江成允抗拒也不要他閃躲，更何況他根本不知道自己究竟做了什麼令江成允閃躲的事，是因為伸舌頭嗎？還是因為其他？

不過算了，現在他更在意別的。

「你流了很多汗。」

「先生，今天是入夏最高溫，你也流很多汗好嗎？」

問。

「但我總覺得你怪怪的。」辜詠夏抹去江成允額角的汗水，「你是不是不舒服？」他壓低聲音

「哪有，我、我很好啊！」

難道……他看得出來？

辜詠夏擔憂的疑問讓江成允驚喜參半。他明明覺得自己將不舒服的感覺掩飾得很好。

「是嗎？」

「對啦，你快閃，要正式來了。」

江成允心虛地催促著辜詠夏離場。

既然對方說沒事，辜詠夏也沒有干涉的必要，他不再堅持，只是看了看江成允，再三確定他沒事後才退出綠屏。

『好，五、四、三、二！拉！』

導演指令一下，江成允與小鄭兩人瞬間騰空而起，被吊到約兩層樓高的高度。

機械吊臂隨著轉動發出咯啦咯啦的聲響，兩人也開始依照擴音器裡的武術指示行動。江成允先是踩著背景牆翻身，與小鄭一個過招後，咬破嘴中的血球。

情況非常順利，底下的導演也頻頻讚好。就在江成允覺得今早對小鄭的多心是場誤會時，小鄭驟然出腿，狠力掃過江成允的左耳。

肢體與空氣摩擦出的激烈風聲在霎那凝結於江成允耳際，他還來不及反應，一股刺鼻的鹹腥味

已在鼻腔中蔓延，撕扯般的疼痛感瞬間在左臉炸開。

江成允的腦中嗚嗡作響，一個不穩，整個身軀像倒栽似的重重撞到架設綠屏的鐵桿上。劇烈的痛楚從胸腔擴散，他分不清痛到底是從哪個部位傳來，只能摀著胸口，咬牙照著指令完成接下來的動作。

同時間，辛詠夏在導演區的螢幕前，眉頭深鎖。看著江成允在螢幕裡痛苦喘息的表情，他愈看愈不對勁。

「導演，等等，我覺得不太對！」辛詠夏出聲。

「什麼不太對，沒這回事！這麼好的畫面你說他不太對？去去去。」導演專注在螢幕上，隨手推了辛詠夏幾把，笑得開懷，「太好了，小江果然是影帝，連痛苦的表情都表現得那麼真實。來來來，A鏡頭舉高，繼續喔！」

導演在地面舉著擴音器對空中的兩人大喊，兩眼盯著檢視螢幕。

那是演出來的嗎？

辛詠夏退到後排監看著螢幕，他焦慮地咬著拇指，心裡不由得起疑。不過攝影師鏡頭帶得很快，江成允也沒有自發NG，他實在插不上什麼話……

「太好了，小江！很完美，很好、很棒！」導演拿著擴音器繼續喊。

啪噠——

就在這時，一滴鮮紅的液體從高空滴落在地上，液體墜打在地面的聲響被導演激動的聲音蓋過。

然而這如針墜落的響聲，卻狠狠擊中辜詠夏胸口。沒管導演喊卡了沒，他頓時像發瘋一樣對操作人員怒喊：

「幹什麼？你們瞎了是不是？快點把人放下來，快！」

在場所有人被突然的怒吼震懾得不明所以，但辜詠夏散發出來的魄力凌人，沒人敢不照做，工作人員趕忙操作機具，將懸在空中的兩人放下。

感覺到鋼絲垂落，應該是拍完了吧？

江成允心裡這般想著的同時，發現身體愈來愈沉重……

最後他失去力氣，整個人癱掛在鋼絲上，直到這一刻工作人員們才驚覺不對勁，紛紛驚呼起來。

辜詠夏彷彿所有神經都被抽光似的，急忙跑到江成允的正下方，伸手迎接已經癱軟的身軀。江成允的身影愈是靠近，辜詠夏的心臟就愈是刺痛。

那一滴鮮紅，是真正的血。

就在辜詠夏接手抱住江成允的那一秒，掌心沒有感受到該有的熱度，只有滿懷涼意。

「喂！小實，你還好嗎？喂！小實！」

辜詠夏摟住江成允的肩，焦急地叫喚著。

小實？

江成允聽見辜詠夏如此稱呼自己，勉強撐開眼皮，卻又隨即閉上。

為什麼？為什麼辜詠夏知道自己的小名？

「小實」是江成允私下用的小名，長大後除了家人，就沒有人這樣叫過他了，為什麼辜詠夏會知道呢？

意識逐漸模糊的江成允依偎在辜詠夏的胸膛裡，他很想問，卻問不出聲，也睜不開眼，只覺得周圍的失措、恐慌的雜聲似乎愈來愈遠、愈來愈遠……

江成允完全失去了肢體上的反應，宛如一具人偶掛在辜詠夏身上，面容血色盡退，杏紅的唇彩也遮掩不了泛白的嘴唇，冷汗浸濕了他的髮絲、紗衣。

江成允背脊冰涼一片，徹底沒了意識。

「安哥！一一九！」

發現懷裡的人身子越來越沉，辜詠夏簡直快要窒息了。他臉色瞬間慘白，聲嘶力竭地喊道。

「已經在打了！」

楚安安倉皇報案，京雅也不知道該如何是好，片場慌亂成一團。

該死！辜詠夏在心裡咒罵。

他摟著江成允，看見染在他臉上的血痕，除了從嘴中的道具血球溢出來的紅色糖漿，有更多是來自於他左側的耳朵。

辜詠夏眼神一黯，眼角冷冽的視線掃了驚恐的小鄭一眼。

宛如貓一樣的腳步，輕柔地點在寂靜的室內。

◎ ◎ ◎

辜詠夏極有技巧性地控制雙腿的力道，悄聲走到窗邊拉上灰紫色的絨布窗簾，替江成允遮蓋落在眼瞼上刺目的陽光，儘管床上的人並沒有睜開眼睛。

從窗戶與窗簾的隙縫往外探去，可以知道這棟醫院緊鄰著一所學校，一條條巴洛克式的黑色欄杆豎立在隔音極好的氣密窗外，厚重的玻璃杜絕了所有噪音，也隔出截然不同的氛圍。學生們在操場的朝氣，與死寂的病房成了強烈對比。

辜詠夏背靠著窗，雙手環胸，視線淡淡地飄向天花板、布簾，接著隨著點滴滴管，延伸到扎入江成允手背上的軟針。

自從辜詠夏入行特技演員以來，各種瘀青、損傷自然沒少過，怵目驚心的流血場面也早已見怪不怪。只不過，當他目睹到宛如水線斷裂般不斷湧出的鮮血是從江成允身上流出的那一剎那，他以為自己會失去理智。

凝視躺在床上兩眼緊閉的人，辜詠夏萬分自責。他不是早發現他不對勁了嗎？為什麼他沒有極力阻止？

辜詠夏回想起江成允送上救護車的那一刻，手都還會抖。

他撫摸江成允的蒼白雙唇，情不自禁地俯身，在沉睡人兒僵冷的肌膚上，印下充滿愛戀的薄唇。

喀嚓——

病房的門被推開，楚安安晃了晃手上的診斷單走了進來。

「醫生說等他鎮定劑退了，若沒有嚴重頭暈就可以出院，只要回來拆線和追蹤就可以。」

「他的聽力沒問題吧？」辜詠夏一臉憂容。

在江成允送醫，劇組宣布殺青後，武家班便找來小鄭約談。雖然小鄭再三表明一切真的只是失誤，他原先只是做做樣子，打算給江成允一點教訓，並沒有真的想踢傷他的本意。不過有意也好，失誤也罷，傷害都已經造成。事後重新檢視毛片，只要是練家子都看得出來，小鄭絕對是故意的，他出腿的狠勁從螢幕上清楚可見。

至於江成允的左耳膜經醫生診斷，有約百分之二十的損傷，耳際也縫了三針。除了內部耳膜受損，耳際與臉頰也有不小的裂口，要將耳朵踢到撕裂傷，這需要多強的力道。於是約談後，辜詠夏與幾個師傅當場協議，解僱小鄭。

「醫生剛剛是說耳膜的損傷不算太嚴重，是能自行痊癒的。但這段期間有可能會出現暈眩，或是平衡感差的情形發生，要特別小心他走路。」楚安安說完，從包包裡拿出一份稿子遞給辜詠夏，「還有，這講稿是給你看的，你準備一下。」

「什麼講稿？」辜詠夏伸手接過卻不明白。

「記者會啊，記者會！畢竟這傢伙受傷住院也算是大事，等等你這個男友要跟我一起出席說明。」楚安安瞄了沉睡中的江成允一眼。

辜詠夏點頭：「了解。」

「上面是記者也許會問的問題，你能記多少就記多少，能照著回答最好，要是真的有不會回答的問題你就什麼都別說，我會幫你。」楚安安解釋道。

「記者會幾點開始？」

「五點半。」

辜詠夏一聽，低頭看了指著五點二十分的腕錶。

「但是……」

喀嚓——病房的門又被推開了。

京雅領著一個面容慈藹溫柔的婦人走了進來。

「我知道，你不用擔心，公司請了專業的看護來，有事隨時聯絡。」楚安安站起身邊說，「好了走吧，車在等了。」

辜詠夏跟著起身，走到門口時默默回頭瞅了江成允一眼，輕輕關上房門。

◎　◎　◎

稍稍苦澀的味道，從辜詠夏口中緩緩呼出。瀰漫著酒精的空氣與透白的尼古丁，摩擦出令人麻痺的焦味。

江成允因拍攝意外入院的消息像點了火的爆竹，沒一下子就傳得沸沸揚揚，當晚的新聞頭條便是他們召開記者會的影像，晚報也登了好大一頁篇幅。

醫院門口正擠了一堆影迷守候祈福，大批人馬擠在醫院外，最後實在干擾到醫院其他病患的權益，轄區警局甚至出動了數名警力來驅趕人潮與記者。

電影殺青宴一秒變緊急記者會，一票人就這樣忙到深夜，楚安安與辜詠夏終於在凌晨時分才從一堆媒體中解脫出來。

他們來到一家隱身在巷弄地下室的酒吧，各自點起一根菸。

「久等了，這是兩位點的King's Valley及神之河。」

梳著整齊油頭的酒保用專業的手勢，推出一杯碧綠色調酒和一杯琥珀色的燒酒到他們面前。

「麻煩再給我一些冰塊和蘇打水。」楚安安客氣地說。

「好的請稍等。」

白黑相間的大理石吧檯，反射著酒櫃上一排排色彩瑰麗的酒瓶。

星期二會在酒吧待到深夜的客人寥寥無幾，只有幾桌散客，可以容納十幾人的吧檯在過了零點後，也只剩下辜詠夏與楚安安兩人。

「還好吧？」楚安安把手托在下巴笑了笑。

「……很糟。」

辜詠夏咬著菸安靜了片刻，最後只總結出兩個字，語氣充滿無奈。

「也是啦，你今天像是夾在老婆和媽媽間的可憐先生。」

聽見楚安安的吐槽，辜詠夏斜眼瞪了一眼楚安安，將原本擱在波浪造型金屬菸灰缸裡的手轉到琥珀色的酒杯上，抖下菸灰。

「嗚哇！腹黑男！不僅瞪我，還攻擊我的酒。」楚安安張大眼，滿臉可惜，「我一口都還沒喝耶。」

「菸都能抽了，菸灰也能吃啦。」

「你是怎樣？是吃到江成允的口水了？講話愈來愈嗆。」

「哼。」辜詠夏冷哼。

即便楚安安是當兵時的上司，他還是忍不住想發洩情緒。

「不過虧你能看出小成不舒服。」

「……因為他很奇怪。」

「這樣喔～～」

楚安安在酒保的同情下，重新獲得一杯新的日本酒，不過他這次不敢放桌上，而是直接端到嘴邊。

「那你幹嘛不阻止他？」

「他不會讓人阻止他的。」

「也是。」楚安安哼了聲，表示同意。

辜詠夏仰頭，一氣將手裡的King's Valley嚥下一大半，高腳杯中的藍與綠緩緩融合成海洋的碧色，萊姆的芬芳香氣與威士忌的嗆辣一齊在喉嚨中散開。

沒錯，江成允一定會演完，這是他身為演員的自豪。

兩人又隨意聊了一會兒，楚安安開始借酒裝瘋，調戲起年輕的小酒保。辜詠夏也沒那麼不識相，他逕自翻開放在吧檯旁的八卦雜誌看了起來，而雜誌裡，恰巧刊著江成允奪下影帝的專訪。

『期許自己能在演技的世界裡永生！』

江成允受訪時的話被刊為標題，除了滿滿四頁的專訪外，雜誌頁角還做了歷年影帝對照表。影帝年表裡，十幾年前以「嗎啡」一角摘下影帝的姜銃盛非常吸引辜詠夏的注意，一種異樣的感覺油然而生。

可能是因為看過姜銃盛經典電影的關係，也可能是因為他是江成允崇拜的演員，也可能是源於醋意等等，感覺再三驅使辜詠夏滑開手機，查閱這名影帝的消息。

兩分鐘後，他粗略地了解這位影帝的生平。

姜銃盛十八歲進演藝圈，三十歲時出演「MAFIA」裡的嗎啡一角，拿下人生第一座影帝寶座。歷經兩次婚姻離婚，分別與女星和主播生下兩個女兒。十年前因趕戲而死於高速道路車禍，享年三十四歲。

看完姜銃盛的生平，除了很年輕就離世以外，辜詠夏並不覺得有什麼特別吸引的地方，不過總之……就是有點在意。

就是一個感覺，說不上來。

他啜了口酒，盯著手機沉思，這時手機螢幕跳出一則搶先看的提示。辜詠夏才點開，卻收到令人噴飯的消息。

喔不，是噴酒。

江成允的粉絲專頁貼著一張穿著連帽衣，口罩幾乎遮到眼睛，全身上下裹得密不通風的人影從便利商店走出來的畫面。

照片才上傳不過一分鐘，貼文下的留言早猶如海嘯般席捲版面。

『捕獲野生小成成～』

『根本看不出是什麼。』

『應該不可能吧，小成不是住院嗎？』

『你是不是拍到辜詠夏了啊？』

『這是哪個年代的照片啊，超模糊的耶！』

『絕對不是小成，小成在醫院。』

『我賭五十塊是辜詠夏＋1』

『辜詠夏＋2』

『騙人！在哪拍到的？（朝聖去）』

『華中一街的7-11』

要死了，這傢伙在想什麼，居然偷溜出去，不要命了嗎？不知道私生粉很瘋狂嗎？照顧他的大媽在幹嘛？

辜詠夏看著手機上斗大的照片，舉著酒杯的手僵在空中。

楚安安見辜詠夏一秒成了木頭人，也好奇地探湊近一看……

「嘖嘖嘖嘖嘖嘖。」

照片裡的人的確從頭到腳包得緊緊的，像在ＣＯＳ變態殺人犯一樣，不過看在熟人眼裡還是能瞬間認出來。這側影，絕對是江成允沒錯。

「我回去看一下。」

辜詠夏的心情開始轉成煩躁，他放下差點捏碎的高腳杯，起身離開。

「去吧，騎士。」楚安安托起酒杯，朝辜詠夏離去的背影做了敬酒的手勢。

第六章

凹凸不平的柏油路上積著一窪窪淺水灘，看來方才下了一場不小的雨。

空氣中還飄著雨的味道。辜詠夏隨手招了台計程車，向司機報了地址，不過在車子駛離酒吧沒多久，就被一百多秒的紅燈困在巷弄與省道的交接口。

辜詠夏按下車窗，嗅著車外陣陣黏膩的濕氣，總覺得心裡不踏實。

霓虹包圍的街道傳來刺耳的喇叭聲，辜詠夏反射性地往前方看去，雙眼自動停在巷弄裡可有可無的紅綠燈號上。

不過幾步之遙的大馬路上，橘黃色的車燈川流不息，即使是平日的深夜裡，仍有不少人流連於市區的繁華。僅僅一條斑馬線寬的距離，辜詠夏所駐停的巷子卻寧靜得彷彿連空氣的流動聲都清晰可聞。

一支信號燈，劃分出了兩個世界。

巷口住家栽種的山茶花探出圍籬，襯著月光，紅與白渲染出來的花瓣美得令人不捨移開目光。

辜詠夏聯想起紅艷的血液不斷滲出，緩緩流至白皙肌膚的畫面。

他想起那個強忍劇痛，依然勉強自己的男人。

沉浸在自己的思緒裡。

號誌由紅轉綠，司機踩下油門的同時，迴盪在車內的路況廣播瞬時拉回辜詠夏神遊的注意。

『為各位插播一則最新消息，就在剛剛有用路人回報，在市區的華中一街上發生一起小客車與行人擦撞的意外，還請其他用路人要是經過此路段要多加留意、小心閃避。』

聽見華中一街這四個字，辜詠夏肩膀一抖，整個警戒起來。

華中一街？不就是江成允剛才出沒的那條街嗎？

辜詠夏內心激動，才想起醫生說江成允耳膜受損，也許短時間會有輕微方向障礙或平衡方面的問題。

一瞬間，辜詠夏呆住了，他的手指自己動了起來，滑開通訊錄，點下江成允的號碼，只是連打了好幾通都無人接聽。

計程車急停在醫院門口，辜詠夏急促的腳步聲在寧靜的醫院大廳感覺更加倉皇，他大步跨進VIP病房的專用電梯。

眼看著樓層燈一格一格往上跳，辜詠夏的血流就愈迅速。身在狹窄的密閉空間裡，給人一種距離愈是接近，時間反而流逝愈慢的錯覺。

不到三十秒的搭乘時間，辜詠夏卻覺得度秒如年，久到他簡直快得幽閉恐懼症，懊惱為什麼電梯沒有設計加速鍵這種裝置。他焦急跺腳，震得電梯一晃一晃。

辜詠夏鐵青著臉打開江成允的病房門時，隨即一股濃濃混雜的酒精味撲鼻而來。

「誰？」

江成允帶點酒意的嗓音從房內傳出，讓辜詠夏盪在崖邊的心臟一下子鎮定下來。他怕酒味驚動護理人員，趕緊將門關上，接著小心翼翼地走進房內，悄悄從門簾縫窺視病床上的情況。

「喂……」他試探性地叫喚一聲，雖說沒得到江成允的回應，卻聽到些許嗚咽聲。

辜詠夏撥開米白的布簾，瞧見大大小小的空酒罐疊得猶如小山，有些酒還撒了出來，淹了一地。

此時，辜詠夏餘光瞟見地上的一灘酒中，泡著一支看起來凶多吉少的手機，不由得皺起眉頭。難怪打不通。

辜詠夏在心裡嘀咕，跨過地上那支鐵定報銷的手機，將視線往裡面延伸，只看到江成允背著他，靠坐在病床邊的地上，邊喝著酒邊抽著鼻子，腳旁還留著幾片酒瓶碎片。

「你在幹嘛？想讓自己受傷嗎？」辜詠夏問道，口氣中摻雜些微怒意。

「你沒眼睛啊，看也知道在喝酒。王八蛋，還我在幹嘛……」

辜詠夏聽到地上醉醺醺的人兒賭氣的話，態度一下子軟了下來，他小小嘆口氣，攤開一只塑膠袋，收拾起滿地空酒罐。

「你又不是我，怎麼知道我是王八蛋？」

「你也不是我，怎麼知道我不知道你是王八蛋？」

江成允回得很機靈。

「為什麼不說一聲就溜出去？很危險，而且身為病人居然還喝酒。」他責怪道。

「到底是誰規定病人不能喝酒？你嗎？還是醫生？」

「這是常識。」

「常識？去你的常識……」江成允空踹一腳，隨手又開了罐葡萄水果酒，「我真是衰爆了，殺青沒有慶功宴就算了，耳朵縫了七八針還被囚禁在病房裡，現在連酒都不能喝……」江成允細數自己的遭遇，倔強的反駁裡帶著一點點令人同情的鼻音。

辜詠夏聽出江成允的鼻音，有些不知所措。他更用力地把塑膠袋綑緊，使空酒罐互相擠壓，發出更大的聲響，來掩飾自己的侷促。

「……別哭了。」

有點像小男孩發現自己喜歡的人哭的時候，手足無措、呆愣的反應。

隱約聽見江成允又擤了一下鼻子，沒怎麼安慰過人的辜詠夏只能笨拙地擠出字面上意義的安慰句。

「啊？」突然，江成允的聲音由軟轉硬，「你見鬼啊，哪隻眼睛看到我在哭？」

「咦？」

辜詠夏驚訝地扭頭，正好對上江成允兩隻不屑的雙眼。他鼻尖確實紅紅的，眼睛卻沒有因眼淚而浮腫。

「呃、我以為你……哭了。」

「哭？笑話！你幾點幾分幾秒看到的？我心臟跳幾下的時候？」

「……」

辜詠夏無言，因為江成允的現實個性真的與外在人設相差太多。

「少自以為了，我是不能過敏喔？」

「呃，可以。」辜詠夏瞥見床的另一側散著一堆擦過鼻涕的衛生紙團，心裡覺得尷尬。

兩人坐在地上，須臾……

「……不過還好……還好你回來了……」江成允纖細的手指不自覺地加重力道，使鋁罐瓶身跟著略微凹陷。

江成允低聲呢喃著，說得很小聲，彷彿是說給自己聽的，也彷彿是說給空氣聽的。

但，即便是如此微小的音頻，辜詠夏也確實聽到了。

他正想說些什麼，只見江成允仰頭猛灌了一大口酒，來不及吞入喉間的嫣紫色液體像被高溫融化的紫琉璃，順著江成允的下顎，滴落到鎖骨。

辜詠夏眼睜睜地看著這滴酒慢慢滑進江成允的衣襟裡，這一刻，葡萄膩人的甜味也在他嘴裡擴散開來。

究竟是誰的唇先貼上誰的呢？不知道，反正他們就是吻了，而且是纏黏的吻，直到無法呼吸的阻礙將他們分開。

江成允揉了揉被辜詠夏吻到發腫的嘴唇，指著地上泡在酒裡手機說，「你回來得正好！看你怎麼賠我！」

嗯？辜詠夏一頭霧水，這風向怎麼有點不對？

「賠什麼？」他問。

「手機啊，合約還沒到呢。」

「為什麼是我賠？」

「還問！把病人丟著就跑出去的人是誰啊？」

原來，江成允醒來後發現只剩自己一個人，愈想愈鬱卒，索性跑去買酒喝，把手機落在病房裡。誰知才回到房間打開酒，辜詠夏就打電話來了。

江成允心一陣手忙腳亂，好不容易接起電話卻好死不死撞到腳，手機連著酒瓶掉到地上，宣告陣亡。

「說！你要怎麼賠償？」

「這算我的錯嗎？那是你不小心吧？」

「什麼？本來就你的錯啊，你有意見嗎？你不打電話來就不會發生這種事啊，蘋果手機兩萬四千五百元，加上打翻的酒六十八元，跟手機報銷造成我精神耗損的精神損失費，總共二十二萬五千六百八十四元。」

江成允指著地上的手機，把背台詞的功力發揮得淋漓盡致，一氣呵成，說得理所當然。

「ＯＫ。兩萬四千五還有六十八元我能理解，不過那精神損失究竟是怎麼計算的？」

「意思是你不願意賠嗎？」

「我只是好奇你的邏輯，這不符合正常推理。」

「去你的推理，我警告你休想轉移話題，不然你想分期付款也行。」

江成允一把揪住辜詠夏的衣領，無意中瞄見他結實的體格，還有胸口上的圖騰刺青跟……側腹的鯊魚線。

「算了。喂！把褲子脫下來，就當作還我的第一期費用。」

「脫褲子？」

辜詠夏瞪大眼睛，不懂這是什麼超展開。

「為……為什麼？」

「少囉嗦！我要看你雞●！」

等等，這是什麼宣言？

「你醉了吧？」

江成允直接解開辜詠夏的褲頭說，「那死人妖說他看過你雞●很多次了，為什麼我一次都沒看過？」

管他醉不醉，江成允已經不爽這件事很久了，上次楚安安根本就是在跟他炫耀。

「等、等等！」

江成允抓著辜詠夏的內褲一陣亂扯，為了保住子孫，辜詠夏慌張地直往後退。

「等屁，裝什麼純情？這麼物超所值的還款方式，你有什麼不滿意？」江成允不容許辜詠夏拒絕，伸手揉捏起他胯下，並將唇貼近辜詠夏耳邊，性感地補上一句：「還是你跟男人硬不起來？放心放心，哥技術好得很。」

說完，江成允直接把鼻尖埋進辜詠夏胯下的柔軟處，隔著四角褲微薄的布料，張嘴輕咬起面前逐漸鼓脹的慾望。

「……你真的跟男人做過？」

「這一行什麼都有可能不是嗎？」

辜詠夏一聽，知道江成允的諷刺，便沒再接話。

江成允哼笑出聲，不過嘴邊的工作沒停，繼續用舌頭按壓辜詠夏已經鼓脹的慾望。

跟男人做過？當然。

那一年的夏天，他發現自己忘不了連長相、聲音都記不起來的少年，為了釐清這是什麼樣的感情，江成允抱著一試的心態，在楚安安的介紹下與其他男人發生了關係。

然後他發現，自己意外地也能接受男人。

或許是酒精驅使，也或許是氣氛使然，辜詠夏無力推拒兩腿間濕潤柔軟的觸感，更何況他已經勃起，慾望頂撐，鼓起的內褲也泛出濕漉的印子。

江成允將手指伸進辜詠夏的褲子裡，來回摩擦私密的大腿內側，牙齒時而輕咬時而加重，可能一樣是男人的緣故，唇齒的力道在痛感與快感之間拿捏得恰到好處。

布料的纖維摩擦著男人最為敏銳的部位，刺癢的酥麻感蔓延全身，像是在拷問辜詠夏的理智。

江成允微笑著伸出舌頭，用柔軟的舌尖來回彈弄被前列腺液濡濕的潮濕處，挑逗他的情慾。接著，他咬住辜詠夏的內褲頭往下一扯，整根陽具跳彈而出，江成允濕潤軟嫩的舌緊貼著那充血直挺的陰莖，上下舔吮起來。

「你不用忍耐，覺得舒服就發洩出來。」江成允邊舔邊說。

「不……」

「為什麼？反正是射在我嘴裡，又不是叫你用衛生紙解決，那樣多孤單啊。」

就是因為是射在你嘴裡啊，不然呢！辜詠夏在心中吶喊。

看到平常總是從容不迫的男人在自己嘴中舒服喘息的樣子，江成允下意識地加重了舌尖的力道。

他手指放柔，輕輕地搓揉陰莖和陰囊相連的敏感處。

「嗚、嗯……」

辜詠夏終於忍不住把雙手撐在床上喊出聲，腰也不自主地擺動起來，他快速潮紅的肌膚讓江成允覺得可愛。

「沒想到小詠夏這麼可愛。」

他替眼前的分身取了名字，邊低頭伸出舌尖，從後穴底部開始一路往上舔舐，逗弄逐漸變硬的囊袋，一手按住辜詠夏的大腿維持平衡，一手上下地套弄充血發紅的下身。

濕漉漉的舌頭最後來到頂端，江成允壞心眼地往龜頭的部位輕彈了一下舌頭，這一彈讓辜詠夏頓時背脊發顫，反射性地挺起腰來，將自己的慾望往江成允口中推進。

江成允張口把整隻陰莖含進嘴裡並開始擺動頭部，好讓辜詠夏的陽具在自己口中翻轉，腫大的慾望在江成允的喉間深處來回摩擦，噗啾噗啾的吸吮聲混雜著辜詠夏的喘息聲，盈滿整間病房。

窗外又飄起了雨，空氣中泛起濕黏的甜味，淡淡的，彷彿沐浴在森林的清麗香味。

「嗯嗯……嗚……」

辜詠夏悶哼。心裡忌妒之前讓江成允練就好口技的所有人，但他的理性卻被興奮淹沒了。腦中昏沉一片，難以壓制自己的聲音，只能隨著肉體的快感喘息。

「等、等等，我……喂！要射了！」

「可以喔，直接這樣射吧。」

江成允抬眼與辜詠夏對視，看著擁有一身結實肌肉的男人在自己口中因快感而呼出興奮的吐息，忍不住加快了吸吮的速度，畢竟對方舒服的喘息聲是男人自信的來源之一。

突然，從硬挺的底部傳來一陣抽動，辜詠夏低吼了一聲，出於本能，牢牢扣住江成允頭部，將白濁的液體發洩在江成允口中。

江成允的喉結一上一下，咕嚕一聲，把滿滿精液吞下。他滿足地伸出粉舌挑逗地舔了舔嘴角，像在品嘗美食一般，模樣挑逗。

「謝謝招待。」

江成允俏皮地說著，繼續舔拭著辜詠夏高潮過後的痕跡，用嘴幫他做事後清理。

男人跟男人做真的不是什麼大事。這個圈子裡，直男跟直男做也不需要驚奇，但令辜詠夏無法置信的是，江成允的胯下一點竟然神奇地一點反應都沒有。

「你……？」

辜詠夏盯著江成允的跨下猛瞧，像是看到什麼世界十大奇景。

「哦？這個啊……我先申明，這可不是不舉！我是屬於可以克制的類型。」江成允按住自己的胯下解釋道。

因應工作需要，江成允必須學會控制慾望，在拍攝時難免會與女演員有私密的肢體碰觸，若是每回都升旗那可吃不消。時間久了，江成允的身體也慢慢趨於冷感，除非自己套弄敏感點，否則很難對人勃起。

江成允握住辜詠夏仍然挺立的陰莖，「再說，我今天只想爽吃而已。」

他把微長的劉海全撩至右側，抬頭對辜詠夏眨了眨眼，並搓揉眼前又開始發硬的巨根。

「如何？這個還款方式是不是物超所值？要再來一發嗎？我可是提供完善的售後服務喔。」江成允笑著說道，不等辜詠夏回答便再次含住那發硬的炙熱。

空氣瀰漫著茉莉香氣與水果酒的甜膩，辜詠夏閉眼仰躺在床上，任自己的慾望在江成允軟熱的口中再次鼓脹……

◎　◎　◎

一整天的武打戲與受傷入院就已經耗掉了江成允許多體力，加上意外的肉體運動及酒精催化，江成允根本難敵睡意。在幫辜詠夏咬過兩次後，還來不及爬回床，江成允就枕在辜詠夏的大腿上睡著了。

「喂，別睡啊……」

辜詠夏伸手拍拍江成允的臉，拇指滑過他唇邊沾到的精液。他在心中嘆氣，手邊輕柔地替江成允褪去身上衣物，將他抱進浴室。

兩個身高過一百八的男人處在不到三坪的空間裡略嫌擁擠，幸好ＶＩＰ病房的廁所有浴缸，雖然小了點，但還算是發揮了實際的功用。

辜詠夏坐進狹窄的浴缸中，弓起右腳讓江成允能夠靠著，自己則空出雙手試試水溫。

浴室裡懸浮的水蒸氣多了起來，鏡子也蒙上了一層薄霧，辜詠夏貼心地先用熱水打濕江成允腿部，讓末梢神經先適應水溫。

看來江成允真的累了，這一連串的大動作跟熱水沖刷，都沒使他從睡夢裡醒來。

辜詠夏強而有力的臂膀托著江成允的腰部，讓他依在自己結實的胸膛上。兩人的體溫如此貼近，彷彿比溫熱的洗澡水還要滾燙。辜詠夏將沐浴乳搓出泡沫，輕輕抹上懷中人細滑的背部，動作柔軟得像在對待易碎的寶物。

泡沫隨著水流往排水口聚集，辜詠夏開始打量起江成允的臉。

江成允一手勾在辜詠夏肩上，長長的羽睫上掛著水露，像極了玻璃珠串成的水晶簾，折射出清透的光彩。

辜詠夏不由自主地撥去江成允睫毛上的水滴，記憶被拉回多年前的一個雨天。

那一年的夏天，外頭下著雨，他跟著夏令營的同學來到拍片現場參觀。不料卻迷失在片場，他茫然之餘，正巧撞見自動販賣機旁有個與他年紀相仿的少年，於是趕忙跑上前。可一看才發現，那男孩不是他夏令營的同伴，而是剛才在片場被罵得狗血淋頭的少年演員。

少年演員在自動販賣機前哭得很傷心，那時他的睫毛上也掛著像水晶的水珠。

這是辜詠夏第一次的自覺。

辜詠夏發育得比一般小孩還早，升國一時身高就已經飆破一七五，不過縱使身高高人一等，存在於他體內的仍是個十三歲男孩的靈魂。

他不知道內心對男生有暖暖的感覺是怎麼樣的心情，他也不確定這到底是不是喜歡，辜詠夏只知道……他想陪在他身邊。

隨著年紀的增長，辜詠夏也更確定自己的心情。只是在終於明白自己心裡的悸動究竟為何的同時，也知道活在螢幕前的人有多遙不可及。

那不是圈外人所能揣測的距離。

可是……一點點也好，只要有那麼一點機會能縮短他與江成允的距離，他都願意嘗試，就算只有那麼一點點。

而現在，那個人居然就靠在他懷裡。

此時，江成允像是做了什麼夢，把臉靠在辜詠夏的肩窩，嘴一張一合地低喃著模糊的字句，斷斷續續的。辜詠夏也聽不清楚他在講什麼，只是低下頭，把唇悄悄地疊在江成允的唇上，給懷裡這個性格衝動，卻比誰都認真的人一個溫軟的吻。

辜詠夏將江成允身上殘餘的泡沫沖掉，接著替他把身子擦乾後溫柔地把他抱上床。辜詠夏把吹風機轉到微風，確認江成允依舊在沉睡才開始幫他烘乾頭髮。

幾小時前，辜詠夏看似是被動地接受肉體關係，但他心裡其實非常渴求。辜詠夏一點都不排斥江成允與他的演繹理念上的衝撞，相反的，辜詠夏覺得這比那些即使不認同，卻依然端著笑臉阿諛的人們來得真實。

他沒有辦法用言語表達他為什麼受到吸引，他只單純覺得這個人不服輸的氣息很美，而且美得很張狂。

辜詠夏撕開無菌紗布，小心翼翼地替江成允左耳上的傷口重新換藥包紮。

他對他的小心呵護，就像是真的戀人一樣。

江成允在睡夢中咕噥起來，一個翻身差點掉下床，辜詠夏機警地接了一把，沒想到江成允不但沒醒來，還能繼續睡。

辜詠夏把江成允扶上床，殊不知他一個翻身擠壓到左耳，包紮好的紗布又滲出斑斑血點。

「唉……」

辜詠夏凝視著皺眉的江成允嘆了一口氣，裡頭有無奈，但有更多的疼寵。

他索性躺上床，抱著江成允一起睡。他拉著他的左手，讓江成允保持側睡的姿勢，以免再壓到受傷的耳朵，然而懷中的人卻始終皺著眉頭。

辜詠夏猶豫一陣子後伸手，將通亮的床頭燈調暗。

今夜月光慘淡，只有孤單的路燈暈黃在窗外，辜詠夏在空調運轉聲的陪伴下，獨自細數著江成允平穩的心跳。

拍片短短幾個月的朝夕相處，辜詠夏對江成允的依戀更加深了……

只是，這是場有期限的戀愛。時間一到，合作不再，他們終究會劃分成兩個不同世界的人，回歸各自的生活圈。就像演員及替身一樣，就像樓中樓裡的那道長長的紙膠帶一樣，隔出他和江成允之間的界線。

原本就是兩個世界的人，下了戲，便不再會有交集，但是他們卻意外地仍舊牽連在一起。

他把他緊擁在臂彎裡。

就算是假裝的也好。

就算只有幾個月的時間也無所謂。

他想和他成為戀人。

即便這一切從頭到尾都不是真實的……

◎ ◎ ◎

在熱呼呼的暖意裡，江成允做了一個夢，夢見了小時候的自己。

模糊的夢境中，他穿著一件小熊上衣，坐在大大的拼布花床上，看著梳妝台前的媽媽抹上豔紅色的口紅，塗上粉色的指甲，打扮得漂漂亮亮。然後媽媽把他抱上一台紅色的腳踏車，載著他經過好長好長一段馬路，到大街最熱鬧的車站。

媽媽總是笑得很開心，和他一起在車站迎接一個常常出現在電視裡的叔叔。

有天，那個電視上的叔叔再也沒到他們家玩，媽媽的笑容也一點一點地消失……

『沒關係，等我長大後一定會上電視喔！』

年幼的江成允不明白發生了什麼事，只能如此安慰流淚的媽媽。他始終認為，只要自己跟那個叔叔一樣上電視，媽媽就會開心了。

而媽媽什麼都沒說，只是把他緊緊抱在懷中好久好久……伴著媽媽的擁抱，江成允也聞到一股很好聞的味道。

慢慢地，夢裡的香味與周圍的味道逐漸分離，江成允在甜膩的香氣和護理師的巡房問候聲中睜開眼。

他坐起身，下意識地掃視這單調無趣的空間，試圖尋找夢中香氣的來源。

昨晚堆積的酒瓶已清理乾淨，偌大的單人病房裡擺放著一盆又一盆俗氣的官方慰問花籃，卻沒有任何一盆散發出夢裡的香味。

護理師退出病房後，江成允望向窗外，他發現自己很久沒有夢見媽媽了。

他將視線移向窗外，外頭的樹影隨風晃動，隔壁校園裡的學生們跑著、跳著，從靜悄悄的室內看去彷彿在上演一場無聲電影。

他不經意回想起媽媽帶他去拍第一支童裝廣告時的記憶——

這些年來，演戲之路跌跌撞撞，雖然媽媽從來沒跟他正面提起過，但隨著年紀漸長，他知道總是與媽媽一起在車站迎接的那個叔叔，總是出現在電視上的那個叔叔……叫做父親。

長大後的他，曾有幾次有意無意地向媽媽提起為何父親不在身邊，身為國文老師的媽媽總是很有詩意地笑著說：『有些事、有些人，不是抓在手裡就是好的。』

當時江成允並不理解母親說這些話的意義，直到母親離世後才知道當年父親的離開，是母親的決定。

時過多年，即使不完全，可他也隱約明白，母親那些話想表達的含意。

憶起過去，江成允不由得縮了縮身子。

赫然間，他瞄見枕頭上有幾根黑髮，他輕輕拎起那幾根髮絲，知道整晚有人擁著他入眠。

第七章

這個世界上，還有什麼事比和認識但算不上朋友的男人發生關係後，還要同房同床還讓人尷尬的事？

江成允拖著行李來到豪華郵輪上層的一一六號房，刷卡進房的那瞬間，與正在裡頭換衣服的辜詠夏撞個正著。

兩人互看好幾秒，互相往後退一步，似乎都為這樣的相見感到吃驚！

「你怎麼在這裡？」

辜詠夏問，呆然地站在房內。

「這句話是我問你吧？我來工作的耶！」

江成允皺眉，疑惑地反問。

「工作？」

為了補償江成允這次電影殺青不但沒有慶功宴，還受傷住院一事，楚安安特地幫江成允安排了頂級豪華郵輪的放鬆之旅，但前提是江成允必須出席這艘郵輪上舉辦的一場慈善競標晚宴。

原本江成允之前就婉拒掉了這場晚宴，但因晚宴不對外公開，還有不少演藝名人和商界大人物都會出席，加上江成允真的太想度假，才會在楚安安半推半就的威脅利誘下，答應出席這場無聊透頂的晚宴。

沒想到被楚安安那混帳擺了一道！

「這什麼情況？你這死人妖在搞什麼？」江成允對著電話裡的楚安安發飆。

『哎呀！公司臨時有事去不了嘛！我想說詠夏沒事，就請他幫忙啦！』

楚安安口甜舌滑替自己辯護。

「最好是。你是我的經紀人，公司能臨時給你什麼事！」

『話不能這麼說，我背後的苦勞你都沒看見？真是沒良心，總之就是這樣啦！工作好好做，這五天四夜的渡輪之旅 Enjoy～』

楚安安在電話的另一頭，喜滋滋地看著自己剛擦好指甲油的腳指。

「喂喂？等一下！喂！」

只見江成允又對電話喂了半天，換來的只有嘟嘟嘟的聲音。

另一方，辜詠夏舉著電話，神色慌亂。

「小京，怎麼不是你來？」

『咦？詠夏哥，我不是跟你說了嗎？我想說這難得的好機會，我去實在太浪費了，就把船票給嫂子了。』

嫂子？這個稱呼聽起來是滿爽的啦……喔，NO！現在不是爽的時刻。

辜詠夏偏頭，瞄了一眼怒髮衝冠到幾乎快變成賽亞人的江成允。

「哪有？你什麼時候說的？他看起來完全不知道我也會來啊！」

『現在啊！』

「啥？」

『啊！黃師傅在叫我，那就這樣嘍！拜，詠夏哥！』

「啥？小京！小……」

同樣的，只見辜詠夏對電話喊了半天，換來的只有嘟嘟嘟的聲音。

電話另一頭，京雅與楚安安正得意洋洋地擊掌。

在一陣尷尬之中，腳底板傳來微微震動，郵輪的鳴笛聲宣告船隻正式離開港口，江成允與辜詠夏同時結束通話，面面相覷。

「看來……我們被擺了一道？」

「似乎是吧！」

江成允沒好氣地回應，拉開行李箱，瞪著被塞進裡頭的兩套訂製西裝。

楚安安那王八蛋，回去看我會不會斃了你！

接著，江成允又打了幾通電話給服務櫃臺，確定這艘頂級的郵輪上沒有空房可換才死心，頹喪地坐在床沿，盯著楚安安特地為辜詠夏準備的西裝嘆氣。

江成允不是什麼漫畫裡的清純少男，或是世界上即將滅絕的超遲鈍型人種，都已經把辜詠夏拿來當配菜打過手槍了，他當然確定自己對辜詠夏抱有喜歡的感覺。

但，問題是……辜詠夏呢？他對自己是什麼感覺？

在醫院的那場酒後亂性之後，縱使江成允睡死了，兩人之間也都絕口不提，但他仍然記得幫辜詠夏服務的經過，他真的很痛恨自己腦內為什麼沒有內建酒後失憶的功能。

◎　◎　◎

「你的眼睛沒在笑喔。」辜詠夏好意提醒說。

「放心。」江成允隨意啜了口紅酒，意興闌珊，「這裡燈光美氣氛佳，沒人會注意我。」

的確，會場燈光昏暗，柔和的古典樂曲悠揚在華麗洛可可風格的餐廳，高闊的圓頂壁畫精緻唯美，牆柱浮雕細膩奪目，讓人彷彿置身在瑪莉皇后的豪華宮廷之中。

慈善晚宴已進行到一半，全場的視線無不聚集在台前的競標物上。

侍者送上芳甜橙香的巧克力慕斯蛋糕。香濃的芬芳懸浮在空氣中，不過江成允一點都沒有因這香氣而被誘發食慾。

他百般無聊地拿著滾著金邊的叉子，戳進盤子裡的蛋糕，原本可口的巧克力慕斯被戳得滿目瘡痍。

江成允兩眼空洞地望著宛如報告流水帳的宴會，一雙腳在桌子底下晃來晃去。整場打著募款名號的晚宴枯燥又乏味，主持人在台上照著程序，邀請名流致詞、開場、競標。

「畢竟還是有重要人士在場，你多少裝點樣子吧。」

「你真的很囉唆耶，我不需要你指導我怎麼維持形象。」

「那就演好一點。」

「嘖！」

當江成允咂舌的瞬間，一道光束打下來，他又立刻掛出招牌笑容。

雖然不知道為什麼光要打在自己身上，不過這時笑就對了，裝死就對了。

眾人的目光隨著燈源全聚焦在江成允身上，主持人激昂的聲音也再次響起：

「現在我們來揭曉這次慈善晚宴的壓軸競標物。」

只見舞台上厚重的簾幔在主持人高亢的介紹聲中緩緩升空，一件墨藍色的挖背式長衫赫然出現在台上。

「什麼？」

這次慈善晚宴的神祕壓軸，居然是電影裡江成允所穿的戲服。

那混帳死人妖，居然敢把我的衣服拿給別人競標，那件沒有洗過吧！

江成允在心裡咒罵了楚安安千萬遍，不過臉上依然保持笑容，與周圍人士揮手致意。

早就摸透他的辜詠夏，在旁忍笑到肩膀抽搐的結果，就是換來桌下的猛力一踢。

由於江成允在拍片期間公開男男戀情，這部與男友攜手合作的電影更替戲服加持不少價碼，戲服一亮相，現場便有許多人紛紛舉牌競標，以美元計價的金額不斷飆升，在開拍不到十分鐘，江成允的戲服就讓一位以電話競價的名人服收藏家，用當晚的最高價格得標。

「現在我們有請最年輕的影帝上台，與我們拍賣品合影留念。」主持人笑到嘴角都要裂到耳朵後面去了，不斷力邀江成允上台拍照。

江成允收起笑容，尷尬地在掌聲中起身。

不過就在登台前一刻，他的手腕突然被一股力量牽制。

「幹嘛？」江成允驚訝地回頭。

「你的胸針呢？」辜詠夏瞇眼問。

「……胸針？」江成允頓了頓，下意識地摸上自己左胸。

沒有，果然空蕩一片，什麼也沒有。

「死定了，那個好像很貴。」

今天江成允穿的是一套織有24K金線的紫灰色西裝，搭配簡約低調的單鑽式錘鍊胸章，單鑽胸針十分輕巧，以至於遺落了也沒有感覺。

「現在該擔心賠償的問題嗎？」

辜詠夏搖搖頭，順手將自己的蟬樣胸針取下來，遞給江成允。

「喂，不用吧，那是你的……」

江成允嘗試推拒，可辜詠夏的氣勢卻不容拒絕。

「上台拍照的人怎麼可以沒配胸針。」辜詠夏一掌穩握住江成允精瘦的腰桿，替他別上那隻擁有璀璨金箔翅膀的夏蟬，「不要亂動，會刺到。」

穿針、引針，不過短短兩秒。兩人鼻尖的距離一度近得只剩幾公分，江成允甚至可以聞到辜詠夏呼出的氣息裡有股香甜的味道。他不喜歡任何香味，但此刻他卻覺得辜詠夏身上的味道好聞極了。

兩人的小互動招來一些驚呼，江成允可以感受現場好幾百人的視線全集中在自己身上，他忽然感覺渾身不對勁……

很熱，真的很熱。

江成允感受到臉頰的滾燙，這比拍哭戲時哭不出來還令人窘迫。

「夠了，我自己來。」

江成允擋住辜詠夏的手，單手完成最後的扣針動作。

突然，不知怎麼的，他腦海中猛然竄出一片霧濛濛的畫面——

在某個夏季的雨天裡，一台老舊的自動販賣機旁，有個素未謀面的少年將掌心附在他胸前，替他……

是那時候的味道，江成允確定。

眼前的辜詠夏竟然散發出絲絲雨的清香，那是股十分甘甜，勾引人的味道。

「我、我要上台了，等等見。」

江成允輕推開辜詠夏轉身，藉著上台來逃避那抹令人難耐的香氣。

而辜詠夏緊握著拳站在台下，面無表情地凝視著站在戲服旁，展現笑臉的江成允。畫面如他所想，混金的紫灰色布料反射出舞台燈光，映出閃閃光芒，江成允白皙的頸後梳著整齊灰黑的髮絲，胸前的一點金更彰顯出他屬於亞洲男人低調的美感。

聚光燈跟著江成允的腳步移動到台前，辜詠夏的周圍又暗淡了下來。

「好個高招。」

一道低沉的男聲無預警地出現在辜詠夏後方，讓他微抽一口氣。

男人盯著台上的江成允，眼神發出極為讚賞的目光道，「辜先生不虧是行動派演員，私下也是身體力行，不過就是個幫忙別胸針的小動作，可是將主權宣示得很透徹。」

「你是？」

對於悄無聲息地出現在背後的人，辜詠夏的疑問裡添有幾分防備。

「您好，辜詠夏先生。我叫 Ron，這是我的名片。」

身穿暗綠色西裝，名叫 Ron 的男子口條清晰地自我介紹，並掏出一張白色硬質、字體燙銀得典雅名片給辜詠夏。

辜詠夏接下名片，悄然打量眼前的男子。

男子的眼眶深邃、鼻梁高挺，雖然顴骨不似歐美人那般立體，但五官及身型比例非常端正，東西方的血統在他身上融合得恰到好處。

他左胸上搭配著骨董質感的鑽石蜻蜓胸針，舉止溫文禮貌。

「有幸請教辜先生分享帶領特技班的經驗嗎？我們公司也有許多要學習的地方，希望能和辜先生教學相長。」

「當然，**Ron** 先生願意聽我分享我很開心，不過我還有很多不足的地方，還請您包涵。」辜詠夏原本想以才疏學淺來迴避，但 **Ron** 的名片上秀出的頭銜令人無法忽視。

「辜先生您謙虛了。」

Ron 笑了笑，做了個一旁請的手勢。

此時，隨著宣告慈善競標暫告一段落，各界的交際活動紛紛開始，整個會場又熱絡起來，拍完照的江成允剛下台就被人群包圍。

「我剛剛就注意到了，小成你的胸針很漂亮耶，真的很適合金色的胸針呢。」

其中一位名媛開口稱讚起江成允的胸針，想伸手觸摸。

「謝謝您的讚美，這的確是一款很特別的胸針。話說回來，您身上的香味很清透呢。」

江成允搶在女子碰到之前作勢撫摸胸前的金蟬胸針道謝，並巧妙迂迴地擋掉她的手，雖然這枚胸針在晚宴結束後必須歸還給出借的珠寶商，可即便不屬於他，江成允依然不願意有多餘的人觸摸。

他察覺到自己的情緒，但他並不意外。

「真的？這是我的芳療師幫我特別調配的精油，她說可以放鬆精神，平時也能當香水擦……」

「真的，話說回來，我上次在法國買的天然木香……」

名媛們因為被江成允稱讚到香味，愉悅地討論起精油香水來。

江成允也禮貌性地參與討論，只是身旁充斥著各式人工香料，讓他聞得有點頭痛。但基於社交也是工作一環的意識，江成允還是耐著性子、掛著微笑，盡量掩飾尷尬情緒，不過他眼角總是不由自主地飄往辜詠夏的方向。

只見幾名優雅的紳士正在與辜詠夏交換名片，江成允的四周也有演藝名流相邀寒暄，一股無形的社會氛圍自動將兩人拉開至不同的群體。

江成允別開眼神，指尖還停留在貼著金箔的胸針上，心裡湧起一股莫名的心情。

也許是感受到了什麼也說不定，辜詠夏轉頭，卻瞧見江成允與女孩子們談笑風生的模樣。會場有點吵雜，辜詠夏聽不清他們在聊些什麼，只看見江成允低頭，狀似親暱地聞著女孩的手腕。

兩人只隔著幾張桌子的距離，視線卻再沒有交集……

「啊！真、真的非常抱歉，對不起對不起。」

江成允腦袋放空，直到圍在周遭的女孩們一陣譁然，一名侍者神色慌張地不停彎腰致歉，江成允才驚覺自己被灑了一身紅酒，淡灰的羊毛西裝上紫紅一片。

「真的非常對不起。」侍者的眼神充滿惶恐。

「沒關係。」江成允甩了甩濺到手上的紅酒道。

「VIP室有備用的西裝，麻煩請您換下來，我們會幫忙送洗或賠償。我真的、真的非常抱歉。」侍者再次道歉，鞠躬大大超過九十度，感覺人都要折半了。

「沒關係，我不介意。那就麻煩你們送洗好了。」

「這是當然的，請您跟我來。」

江成允藉故跟著侍者離去，避開那些令他坐立難安的味道。

天然酒香蔓延，蓋過混雜的香水味，江成允心裡鬆了口氣，暗自慶幸這場意外來得真是時候。雖然他並不喜歡任何香味，但紅酒自然的香氣還是比那些人工香精好得多。

突然的紅酒事件造成一點小騷動，在一旁寒暄的Ron也被奪走了一部分的注意力。辜詠夏則順著他的眼神望去，發現江成允已不在原本的位置上，先前圍繞著江成允的名媛女星們也早已散去。

辜詠夏皺眉，雙眼不停穿梭在會場中，卻都沒找到那道惹眼的身影。

◎　◎　◎

腳下素色的絨布地毯換成了黑與金交織，紋樣複雜的巴洛克式風格，四周簡潔的暗色牆面圍繞著頭頂中央精緻氣派的水晶吊燈。

極簡與華麗相輔的VIP室非但沒有風格衝突，反而搭配出適度低調的奢華之感。

江成允來到附設的更衣間，換下西裝，「請問換下來的衣服放這裡就行了嗎？需不需要給你經紀人的電話？還有這多久會送還給我？」

他一口氣拋出三個問題，卻始終不見門外有回覆的動靜。江成允以為侍者沒聽見，沒多想，邊扣著袖釦推門出來。

不料才剛踏出更衣間，就見到一個表情凝重，梳著油頭的男人突兀地站在ＶＩＰ室裡，原先帶路的侍者早已不見蹤影。

「……先生，請問您是不是走錯了？」

陌生男子只是盯著江成允一語不發，江成允只好率先提問，字句疑惑但語氣肯定。

男子的眼神不懷好意，右手埋在西裝口袋中，肉眼無法判斷他手中究竟拿著什麼東西，可能是手機，亦或者是摺疊刀之類的危險物品。

江成允瞇起眼，見到男子朝自己步步逼近，在一切未知的情況下他只好強裝鎮定出言試探，並繼續換衣服，利用視線死角假借拿衣服的動作滑開手機，點下辜詠夏的名字。

「……我是來找你的。」

聽見對方言露猥褻，江成允直覺來者不善，腦中不由得閃過剛才的紅酒事件，腦中飛快地拼湊稍早的經過。

當時有三四個人圍在身邊，而侍者就那麼恰巧地從人群的隙縫間擠進來，還不小心只把酒灑在他身上。如此漫畫般的情節要歸說是天時地利人和，那也真是他媽的太過剛好。

就在這時，陌生的男子身後又冒出兩個帶著邪意笑容，尖嘴猴腮的男人。

江成允不自覺地滾了滾喉嚨，腳步也跟著漸漸往內退。

VIP室被陌生男子落鎖的那一秒，男人們一齊撲向江成允。

他貓身躲避，怎知這一躲，手機也跟著滑了出去，螢幕落地的同時，江成允的視線也陷入一片黑暗。

◎　◎　◎

江成允的手機關機了。

辜詠夏接起電話時剛好轉成語音，他馬上再回撥，江成允的電話卻轉成關機狀態。

不是沒人接聽，也不是拒接，而是關機。

辜詠夏發怔，江成允的手機直接進入關機狀態讓他胸口炸開來，再加上Ron方才若有似無的提醒，說是在這艘郵輪上，東洋男人比起女人來得有行情，令辜詠夏心神慌亂。

因為他知道Ron所言不假。在他們進駐這艘郵輪的頭幾天，江成允就被無數人搭訕過了。也許是江成允公開性向的關係，很多肉體邀約都表明得十分露骨。

雖然這些邀約都被辜詠夏犀利的眼神回絕了，但這不代表所有人都會就此打消念頭。

他焦急地環視整個會場，認出一名剛剛圍在江成允身邊的女星……

照著女星的轉述，宰詠夏攔截了一名倒楣的值班經理，拎著他往ＶＩＰ室裡跑。

宰詠夏把江成允身上那件訂製西裝說得宛如天價，恐嚇得經理欲哭無淚。他只是區區小經理，怎麼賠得起？只能硬著頭皮陪宰詠夏到ＶＩＰ室一間間查問。

衰小經理知道這事若是處理不當，除了賠償天價西裝之外，還有可能會慘臨革職的命運……一想到沒有未來的未來以及嗷嗷待哺的全家老小，四十多歲經理心中茫然無措。

「喂！這間沒回應也打不開！」

宰詠夏在敲了幾次門皆毫無回音的情況下，用力扳著門把朝經理大吼。

經理揮著汗跑來，而宰詠夏也沒再解釋，直接搶過經理手上的房卡強行打開房門。

房門磅的一聲敞開。

房裡的景象卻讓宰詠夏揪心不已。

江成允的嘴被衣服塞起來，兩手遭人反綁，像一灘軟泥似的曲臥在床上。下身的高級西褲早已不見蹤影，腰間掛著幾縷被撕爛的破布，證明江成允曾經抵抗過。

江成允的雙腿肌膚多了好幾處擦傷，更有不知名的液體從他兩股間流出。

看到這一幕，宰詠夏根本瘋了。

三個準備一逞獸慾的男子見半路殺出程咬金，先是一愣，連褲子都還來不及穿好，就怒罵起來。

「Shit！老子都還沒爽到！」

「X的，正好的時候來礙事。」

其中一個男人發現事跡敗露，粗魯地吐了口唾沫，隨手高舉腳邊的滅火器就往辜詠夏的方向扔。

辜詠夏眼明身快，右肩迅速往後一拉，俐落側身閃過。只聽到大紅色的滅火器發出砰磅巨響，直接砸中辜詠夏和經理中間的門板，棗紅色的金屬銅門撞出一個大凹陷。

經理見到眼前天外飛來的滅火器嚇到腿軟，毛髮所剩不多的條碼頭冒出滴滴冷汗。

房內，辜詠夏已經和三個男人纏鬥起來。

不過這些男人哪裡是辜詠夏的對手，只見其中一名暴牙男拔起豎在床邊的立燈朝辜詠夏頭頂揮去，辜詠夏的肩頭冷不防地挨了一棍，就在暴牙男人邪笑以為得逞之際，不料辜詠夏反手一抓，使勁一扭，暴牙男連燈帶人狠摔在地。

幾乎是連聽見摔地男子發出哀嚎聲音的時間都沒有，辜詠夏迴旋一踢，同時出拳，各擊中其餘兩人要害。

僅僅一眨眼的工夫，三個大男人皆被打掛昏死過去。

癱坐在門邊的經理看得目瞪口呆，連走廊上也開始聚集一些被騷動引來的人。

「呿！」

辜詠夏一個箭步向前，用寬闊的背脊替江成允擋下門口圍觀的視線，他抽掉堵在江成允嘴裡的衣服。

「辜……」

「噓。」

辜詠夏輕吻江成允的額頭，示意他別再出聲，快手拉起床單，裹住床上赤裸又驚嚇的人。

「後續由你解決。若我之後聽到任何風聲，你的下場就不只是躺在這裡。」

辜詠夏語氣冷冽，恐嚇條碼頭經理。

「我知知、知道了，我們一定處理得讓您滿意。」

條碼頭經理雖然知道自己超衰小，但還是狂點頭，他還不想英年早逝，成為填海的消波塊啊！

◎　◎　◎

「不要動！」

「怎麼可能不動……你少強人所難了……」這、那麼難受……

「強人所難的人是你吧。」

辜詠夏把江成允帶回房內，臉湊近他的臀部，兩隻手指探進他下身體腔內攪弄，「不行，看來已經融化在裡面了。」他勉強夾出幾片像膜紙之類的物體說。

「……真的假的？」

江成允咬牙，忍受骨盆間侵入的異樣感。

其實他自己也知道藥應該早化掉了，因為他的體內愈來愈燥熱……從下腹傳來的灼痛感正逐漸竄入他四肢百骸。

江成允的後庭被那幫宵小塞了藥，如果只是普通的媚藥或許還好，但辜詠夏看江成允時而亢奮時而恍惚的模樣推測，恐怕那媚藥裡還混了類毒品的迷幻劑也不一定。

彷彿被千支細針紮刺的癢痛從胯間，由皮膚底到深，一陣陣扎進體內，江成允兩腿不停摩擦，想把那股難耐的刺痛感消磨掉。

無論怎麼從外部排解，由內而發的漲癢就是消退不了。

江成允倒在床頭，背整個拱起，他雙眼泛起水霧，喉間開始發出連自己都沒聽過的呻吟聲。

「喂！你……不要煽動我。」

「我……沒有……」

江成允否認，但吊在天花板上液晶電視黑色的屏幕，洩漏出自己主動張開大腿的事實。他努力撐起身，轉頭背向窗台，不想讓辜詠夏看見自己現在狼狽的模樣。

窗外郵輪行駛中激起的水波，像極了那年夏天的雨點……江成允頭開始發昏，整個人趴在床櫃上胡言亂語起來。

「喂！你怎麼了？還有意識嗎？知道自己叫什麼嗎？」

辜詠夏聽見懷中的人開始呢喃，於是搖晃江成允的肩膀焦急叫喚。他並不想將事情鬧大，但萬一江成允的身體真的無法承受藥物，那他必須求助船醫。

「我、我叫……」

江成允晃得更暈，他抬頭，看見玻璃窗上映著站在背後，辜詠夏那稜角分明的臉型輪廓。

不知道是玻璃折射還是淚水，江成允模糊了視線……

這一刻，記憶彷彿湧泉般回流——

夏季的雨天裡，一台老舊的自動販賣機旁，有個素未謀面的少年，將掌心附在他的胸前，少年散發出淡淡的甘甜氣味，他抿唇一笑，一手接過江成允手裡的劇本，邊撕下一段紙膠帶貼在其中一頁上。少年一面解釋，一面替江成允的劇本全都貼上了紙膠帶。

過不久，雨停了。

少年嘴角露出微笑，『我叫辜詠夏，你叫什麼？』

江成允從窗戶與辜詠夏對眼，那一天的夏日午後重擊在他心房。

江成允清楚聽見，自己心臟簡直像要把胸腔撞出大洞一樣，瘋狂顫動的聲響。

『我叫江成允，你可以叫我小實。』

他笑著回答。

「我、我叫江成允……你可以叫我小實……」

江成允微微低吟起來，複誦記憶中的那句回覆。

人的記憶十分微妙。

曾經有人說過：人類這個物種不會真的忘記什麼事，只是欠缺一個想起來的契機罷了。

他分不清自己究竟是不是因為藥物的關係才想要這個男人，還是出自於本能而渴求這個男人。

「你想起來了？」

江成允轉身，對上辜詠夏的雙眸。

不知道是不是自己神智不清的關係，江成允覺得辜詠夏此刻的眼神非常非常溫柔，跟過去在雨中安慰自己的眼神一樣。

「是你啊，我那天找你很久……」江成允呼息紊亂地低喃，似控訴，又似撒嬌。

「小實、小實……」

辜詠夏激動捧住江成允的臉頰，將嘴湊到江成允唇邊，低語著他的名，瘋狂吻著他。

江成允把手環上眼前人結實的頸項，張開唇齒，回應著辜詠夏的呼喚。

辜詠夏主動拖住懷中人因慾望而搖擺的臀部，右手掌心則不斷主動搓揉江成允膨脹的下體。

兩人從纏吻中分離，海水的光影反射在江成允臉頰上，有種朦朧的美感，辜詠夏不自覺地啃咬江成允看上去白皙稚嫩的側頸。

白皙項頸上泛著瘀青，顯得格外刺眼，辜詠夏溫熱的舌尖舔吻得輕柔。

一種名為憐愛的心情宛如藤蔓似的攀生整個胸口。

辜詠夏的汗水滴落在江成允敏感的肌膚上，寬大的掌心滑過江成允的腰際，並將他身子轉向，好讓江成允完全面對自己。

江成允看著辜詠夏俊朗的五官此刻因情慾而煽情，結實的腰桿也因慾望柔軟起來，他伸出修長的腿，腳趾輕輕刮碰辜詠夏明顯挺起的慾望。

江成允臉染了紅暈，上身陷進枕頭中，微微抬高臀部，好讓腿能更加摩擦辜詠夏的胯間。

「碰我，快點，我想要。」

他是命令，也是哀求。

跟辜詠夏發生關係早就不是第一次了，邀人上床也不是什麼害羞的事，只是央求喜歡的人抱自己，對江成允來說卻是頭一次。

「我也想要，但現在不行。」辜詠夏一把獲住江成允的長腿，拒絕他再挑逗自己的下體。

江成允忽然停下動作，抽回腿，「……失望了？因為看見男人平板的身體？」

也是，上次強行幫辜詠夏咬的時候他還穿著衣服，只要閉起眼，完全可以想像是女人在幫自己服務，不過正式來時裸裎相見，可能就開始倒胃口了吧。

看見一直以來自信傲氣的江成允顯露悲傷地縮瑟身軀，辜詠夏把身體壓上江成允細長的大腿，讓他隔著衣服也能感受他不斷漲大的慾望。

「失望？你說誰失望？失望的話不該有這種反應吧？」

「可是……」

「我說現在不行，是因為你的身體。」辜詠夏溫柔撫摸江成允柔軟的髮絲，滾燙的臉頰，「你只是因為藥物導致而已，藥效過後你……」

「我都想起你了，難道不夠嗎？我不知道該如何證明不是藥物的關係……但我現在想跟你做，這樣不行嗎？我也不是誰都好，不是那些奇奇怪怪的人，只想跟你……」

江成允拋開矜持，直率表明自己的心意。

此時他體內燥熱不已，心跳得更厲害。就算被下了藥，如果換作別人，他寧願自己忍到死。

但是辜詠夏就在他身旁啊！

他是他一直以來內心深掛的人，此刻他只想與他一起，縱使沒有藥物驅動，他還是想與他結合。江成允想把這件事讓辜詠夏知道，不過現在說什麼都難以解釋，他只能不斷扭動臀部，展現自己的渴望。

「對不起，我剛剛沒聽懂你的意思。」

辜詠夏用魔力般磁性的嗓音低語，邊細吻著江成允的側臉。

衣服的料子摩擦著發熱的兩人。濕掉的襯衫貼著辜詠夏的身體，隱約透出他精實的肌肉曲線，讓人心癢。

「讓我進去吧……進去你裡面……」

說著，褲頭解開的聲音響起，江成允毫不猶豫地伸出手主動解開辜詠夏襯衫的釦子，掌心探進肌肉緊實的胸膛向上游移，順著鎖骨順勢撥開衣服。

宰詠夏輕笑，一腳伸進江成允雙腿之間，一手順勢往上撫摸，揉捏胸前早已挺起的乳頭，單手則扳住江成允的下顎，用自己的舌頭撬開雙唇，貪婪地吸吮他口中的柔軟。江成允口中受到刺激，腰也跟著擺動得更厲害，對宰詠夏展現出肉體上的渴望。

「……原來舌頭是你的敏感帶……」

宰詠夏的手指經過平坦的小腹，不疾不徐地滑過股間探進炙熱的窄道裡。他一面舔舐他的頸間及柔軟的耳垂一面呢喃著：

「小實……你裡面好熱。」

宰詠夏前手搓揉起江成允勃起的男根，背後手指開始絞弄著江成允的後穴。雖然他知道江成允不是第一次用屁股，自己也沒有處女情節。但對於手指費了一番功夫才能順利進入這件事情還是感到很滿意。

「有點……有點、痛……」江成允微聲喊痛。

「我幫你。」

宰詠夏低沉溫柔的語調在江成允耳邊輕吐，手指驟然停住動作。

「你……你、不要，別這樣！」

意識到宰詠夏意圖的江成允急著阻止，但沒什麼實質的作用。他頓時感覺腰腹一輕，整個臀部被抬起，接著一股濕熱已覆上他的後穴。

「……唔、嗯嗯……」

辜詠夏靈巧的舌尖舔弄著江成允的蜜穴，不斷進出來回試探，惹得他下腹一顫一顫。感覺到後穴一陣酥麻，江成允難以克制地自己動起腰來。

感應到人兒舒服的反應，辜詠夏施力搓揉江成允的乳尖，並加入手指，再次撐開柔軟的後庭。江成允的乳尖也跟著硬挺起來。

辜詠夏感受到江成允體腔內吸著手指的壓力，另一掌輕輕撫摸著江成允發燙的肌膚。因長年累月的練習，覆著繭的手掌滑過江成允敏感的腰椎，使他不禁吐露出愉悅的喘息。

「啊……嗯、啊……」

辜詠夏一面將挑逗江成允乳頭的手往下伸，一面輕咬他發紅的耳垂，並將乳液塗滿手指，再次侵入那誘人的私處絞弄著。汗水與乳液滴落下來，沾濕了被單。

冰涼的乳液讓江成允的臀部也跟著收緊。只是這一收力，體內反而湧現一股酥麻的感覺，令他不由自主地抖了一下。

「……我曾幻想過無數次你被我壓在身下的樣子，小實，你呢？想像過自己被我插入的樣子嗎……」

「別、別問我。」他渾身顫抖，體內被力量撐開，充血的陰莖腫脹挺立，透過炙熱的空氣，江成允感受到落在自己身上，毫不客氣的視線。

自己忍受情慾的樣子被直接盯著看，讓江成允難為情到極點，顴骨的肌膚愈來愈紅，後庭也不自覺地一抽一抽，張合起來。

「啊！」江成允的肉穴一顫一顫，惹得辜詠夏渾身興奮，「小實，告訴我，想要我進去嗎？」

「我不……不、不知道……」

辜詠夏的下腹往前一頂，讓江成允感受到自己的慾望，同時深入江成允體內的手指開始緩緩抽送著。

耳緣被辜詠夏濕潤的舌尖舔弄著，江成允腰腹一軟，俯趴在柔軟的床榻上。而這個動作使他下腹體內的敏感處被若有似無地摩擦。

「怎麼樣？不想要有東西填滿你這裡嗎？」

辜詠夏有些抓到江成允的性癖，言語也跟著輕挑起來。

深入體內的手指完全沒有動作，歡愉感遲遲無法攀升，江成允滾了滾喉嚨，神情難耐。

「嗯，想……啊！想要你進來……」

辜詠夏滿意一笑，拉開床頭櫃，翻出客艙準備的保險套。

突然，他的手被拉回。

「不用了……直接來就可以了。」

極其渴望的話語混著喘氣從江成允的口中斷斷續續地溢出，辜詠夏露出滿意的微笑，立刻抽出手指，一把將江成允推在床上。

「很誘人的提議，不過下次吧，這次對你負擔太大了。」辜詠夏甜蜜地說道。

接著他舉起江成允的左腿架在自己肩上，同時將硬挺的陰莖挺進柔軟的後穴。

粗大、灼熱的物體猛然刺入江成允體內，肉穴遭貫穿擠壓的感覺逼得江成允浪叫出聲，江成允的體內清楚感受到辜詠夏的炙熱不斷深探到敏感的位置。

自己一定是瘋了，要不然就是傻了。江成允在腦中想著。

他早就不認得羞恥這兩個字要怎麼寫了。他瞇起眼來，確定眼前這個讓他掛念多年的人，確確實實存在。

他垂下眼，伸手輕觸辜詠夏發腫的肩頭，「肩膀……會痛嗎……」

「你擔心我？」

「還……好，嗚……」

「真是有夠不坦率。」

辜詠夏凝望著江成允痛苦又帶點挑逗的眼眸，「但口是心非這點很可愛，我喜歡。」

江成允確實可愛，尤其是害羞的時候。

「我喜歡你現在的表情，小實。」

辜詠夏伸出修長的食指微微撥弄遮蓋在江成允眼前的瀏海，指頭順著髮絲，輕輕滑過他俊秀的臉頰、薄唇，最後將拇指伸入江成允嘴裡。

江成允含著著辜詠夏的手指，吸出啾滋啾滋的聲音，並吐露舒服的微喘。

「小實，放輕鬆。」

辜詠夏用手包覆住江成允腫脹通紅的性器，手指十分熟練地上下套弄著，另一手環上江成允的腰，讓他的身軀更貼近自己，更將雙唇貼在他紅潤挺立的乳尖上來回啃咬著。辜詠夏的手掌不斷在因愛撫而泛紅的肌膚上探索，嘴裡呼喚著江成允的名。

一陣恍惚感傳遍全身，江成允環住辜詠夏頸部的手臂圈得更緊，在喘息之間忘我地喊出對辜詠夏的渴求。

「再來、再……啊哼……快動……」

後穴一張一縮，快感比過去任何一場性愛更猛烈，江成允的體內沸騰，原本就燒燙的肌膚被慾火撩得更加滾燙。

「啊！射、我想射……」

辜詠夏聽到愛人即將攀頂的浪語，重重往江成允體內一頂。

江成允將雙手圈上他脖子，後庭的脆弱肉壁抽搐著，渴望更多。

辜詠夏微微笑起，兩掌扣住江成允結實的臀部，絲毫不讓他有喘息的空間，並更加擺動腰桿，將自己的性器不斷往江成允的後穴奮力插入。挺直的陰莖不斷來回摩擦著江成允脆弱的肉壁。

兩人被肉體撞擊的淫靡聲及受到快感支配的喘息聲淹沒，辜詠夏不自覺地加快了抽插的頻率，每次都來回頂觸到江成允敏感酥軟的部位。

臀部被箝制住的江成允閃躲不了，火辣快感從後庭一波波擴散，席捲全身。

「啊、夏……啊，那裡、那……」

江成允的呼吸聲越來越急促，身體後仰，兩手反撐在床上，一股衝擊襲上下腹內部，他被難受

的快感逼得拱起身，腰也自動配合宰詠夏的節奏擺動起來。口中發出愉悅高昂的喊叫聲，渾身浮現雞皮疙瘩，射出乳白色的液體。

「哈啊！啊……」

江成允顫抖，用後穴達到的高潮令他頭暈目眩。

宰詠夏感受到腹部的黏膩，埋在江成允體內的炙熱也跟著釋放慾望……

迎接高潮過後，江成允有點恍惚，他將額頭壓在宰詠夏肩上，以極盡虛脫的狀態攤在他的擁抱裡。不管是跟女人還是男人做，攻人還是被攻，他已經很久沒有享受過這深切甜膩的快感了。

宰詠夏捧著江成允的臉，在他的臉頰落下一連串溫柔又極其憐愛的細吻。

江成允也張口，探出舌頭回應這綿密的吻。

嘴裡嚐到了淡淡清麗的香味。

◎　◎　◎

臨海的風凝聚著潮汐特有的鹹味，一群海鷗鼓動著羽翼，在碼頭邊爭搶漁民掉落的幾尾鮮魚。乘載遊客的豪華郵輪、灰撲撲的貨輪以及長年與浪搏鬥的捕魚船隻，明明暗暗地穿插在岸邊，形成港口特有的風景。

經過好幾天的航行，郵輪終於停靠在鋪滿紅磚的異國港都。

江成允與韋詠夏拖著行李，來到堤邊的一家輕食店用餐，店門口種植的紫陽花正值盛開，在海風的襯托下像是一團團柔軟的棉花糖球。

「你要番茄醬還是蜂蜜芥末醬？」

「……」

「小實？」

韋詠夏伸手在江成允眼前揮了一下。

「啊！我要蜂蜜芥末。」

江成允低呼，把視線從門口的紫陽花移轉到坐在對面的韋詠夏身上。

「喏。」韋詠夏瞄了眼紫色的花兒，好似在忌妒得到江成允關注的花朵。

「謝謝。」

江成允接過醬料，刻意拿得很邊角，避免與韋詠夏有無意的肌膚接觸。

要說在江成允與韋詠夏有了深刻的肌膚之親後，有什麼最大的改變的話，那就是韋詠夏不再叫江成允的名字，而是改口喚他「小實」這件事。

這點讓江成允覺得很不自在，他把醬料擠在沙拉上，盤中煎烤得香酥微彎的帶骨肋排像在嘲笑他的彆扭。

江成允自己也不知道這究竟有什麼好害羞的，明明這幾天在船上，他們都做過了比手指接觸更誇張數萬倍的事。

「……你在笑什麼？笑得好噁心。」

江成允隨口開了話題，想掩飾自己的不自然。

「我是想到你才笑的。」

「那更噁。」

辜詠夏失笑，邊吃了口焗烤通心麵。這近乎情侶鬥嘴的無聊對話讓他心情很好。

接下來的時間裡，他們聊拍戲、聊後製、聊楚安安、聊角色揣摩，他們天南地北，幾乎什麼都講，就是沒人提起這場協議般的關係。

隻字不提，彷彿也是種默契。

他們各自品嘗餐點、互損對方的食物看起來像地雷。

他們咀嚼異國海港的風景，享受沒人認得自己的寧靜。

只是，這份恬靜並沒有持續太久。兩個分別挑染粉紅與橘色頭髮、穿著比基尼的女孩走了過來。女孩們以帶著當地口音的英文搭訕，甚至拉了椅子湊在他們桌旁，說是位子不夠想併桌。

女孩們兩雙眼睛加上放大片，總共八隻眼睛大剌剌地盯著辜詠夏線條剛毅的胸肌猛瞧。

跟辜詠夏相反，江成允為了遮掩一身歡愛過的紅痕，特意穿了混麻的長袖長衫，這衣服還是他在郵輪上緊急買的。

江成允忍不住泛起職業病，眼角不著痕跡地打量女孩們的穿著，說起台語來。

「她的泳衣真是一場災難。」

「是嗎？但我一點都不討厭比基尼喔。」

辜詠夏的話讓江成允瞬間心情不美麗，他噘起嘴道：

「我也不討厭比基尼，但請她至少再瘦個十公斤。」

他不自然地拉了拉衣領，瞳孔定格在橘髮女孩突然摸上辜詠夏胸前的手。

那是隻非常細嫩的手，指型修長，指甲也修得很漂亮，塗著亮麗的指甲彩繪，貼著閃動的水鑽。

辜詠夏感受到江成允的視線，起了心眼，他笑著，故意佯裝不會英文，作勢婉拒地把手搭上女孩的手背上。

女孩發現被摸了，心花怒放，雙手更肆無忌憚地往辜詠夏胸前貼。

被那隻手撫摸，想必很舒服吧……

江成允想著，兩顆眼珠跟著在辜詠夏身上游移的手轉動……他以為辜詠夏那樣的微笑、那樣的觸摸是他獨有的，看來他錯了。

雖然江成允善於演戲，他的五官真的是連一絲肌肉牽動的跡象都沒有，不過他放下刀叉，下意識地將手縮進衣袖裡的小動作卻被辜詠夏收進眼底。

辜詠夏收起笑容，正式拒絕女孩唐突的觸摸，但其中一位穿著像漁網的黑色比基尼，配上綁帶涼鞋的女孩不死心。

幾分鐘後，女孩們認為溝通無望，硬是比手畫腳，跟辜詠夏交換了社群的聯絡方式才依依不捨地離開。兩位女孩離開前一臉可惜地朝辜詠夏搖了搖手機，表示私下聯絡，並不忘拋給他一個熱烈的飛吻。

辜詠夏送女孩們一記禮貌的微笑，轉頭對江成允說，「繼續吃吧，醬都要乾了。」

江成允看著盤中切了一半的肋排點點頭，但原本帶有檸檬香的肉塊送進嘴裡變得有些索然無味。

沒幾分鐘，桌面忽然震動起來，是辜詠夏的手機顯示出好幾則新訊息提醒。辜詠夏一瞅，發現來訊者竟然是楚安安。

『想知道你上次弄掉的東西是什麼嗎？』

這則訊息提醒讓辜詠夏的眼神顫了一下，飛快地拿起手機檢視。

江成允看見辜詠夏雙眼閃出欣喜的神采，他很想問「是誰？」，不過這兩個字組成的問句還未脫出唇齒之間，就消失在辜詠夏「我去抽菸。」這句話之後。

辜詠夏掏出菸盒，起身走到店外，從含菸、點菸，他的眼睛都沒離開手機一秒。

楚安安的訊息框裡跳出好幾個欠揍的貼圖。

『你真是欠我欠大了，我回老家從劇本海裡幫你翻出來啦！』

夾雜在文字訊息之間的是兩張照片，第一張照的是一本邊角泛黃、看上去很舊的劇本。內頁摺痕翻到破的裂口，說明這本劇本被翻過數百、數千次。

第二張則是劇本內頁的放大照，特寫了貼在劇本邊角的紙膠帶。紙膠帶因長年曝露在空氣中而氧化脫色，但還是認得出那是一隻蟬的圖案。

『他超珍惜的喔，用完的紙捆每天都帶在身上。所以……你自己看著辦吧！』

幸詠夏看著手機裡的照片笑了，笑得很溫暖。

原來自己就是那個教江成允演戲的人……那個重要的人。

◎ ◎ ◎

隔著一扇微微起霧的玻璃，幸詠夏吐煙的身影成了鏡頭特意霧化後的色塊。

江成允看得出來幸詠夏正在笑，不過他卻聽不出幸詠夏此刻的笑容是輕明爽朗的，還是低沉暗啞的，或者是嘹亮富有磁性的。

印象裡，他不曾看過幸詠夏開懷大笑的表情，不曾聽過他的笑聲……甚至到現在，他仍找不出能形容他笑聲的詞彙。

幸詠夏現在的笑容，是因為剛才的女孩們傳給他的訊息嗎？

意識到自己此刻的想法，江成允猛眨眼，他有些鬱悶，黯然地請侍者收走還剩一半多的肋排。

他有些討厭現在的自己。

門口的風鈴聲再次響起。

幸詠夏返回座位，正巧撞見侍者把桌上幾乎完好的餐點撤走。

「怎麼不吃了？」

江成允看了辜詠夏一眼，沒回應。

「那我們去這附近繞繞吧！」辜詠夏聳聳肩，邊說邊拿出卡來走到櫃檯，「這頓我付。」

「不需要。」

「我好像讓某人不開心了，當然要賠罪一下。你說是不是？」

江成允不否認辜詠夏的暗示，雙手環胸道，「我看你的臉在這裡滿吃得開的，不如乾脆留在這裡發展好了？」只是他才剛說完，眉眼間就顯得十分懊悔。

辜詠夏眼角瞄見尷尬癌上身的人兒，在心裡悶笑，他並不討厭江成允這樣的情緒。相反的，拜託！這種情緒愈多愈好。

在江成允說話的期間，辜詠夏已經完成刷卡的動作，接過簽單簽名。

「天啊！你的字好醜。」江成允看著辜詠夏在帳單上的簽名吐槽說。

「看得懂就好。」

◎　◎　◎

離開餐廳後，辜詠夏與江成允在雜貨叫賣四起的碼頭沿岸散步。

寬廣的海岸線旁，緋色的方石鑲嵌在腳下，邊緣斑駁的磚道訴說著迷人港都吞吐貨物上百年的古老歷史。

辜詠夏的手緊緊扣著江成允，不給他絲毫猶豫的空隙。看著地面上兩人相連的影子，一切是那麼自然……

感受到掌心上散著的不是自己的溫度，江成允神經緊繃到極點。他沒有那麼不知所措過，跟女演員演告白戲的時候沒有，演床戲的時候更沒有。

他抗拒地抽開手，卻被辜詠夏牢牢抓住。

「放手。」

江成允想甩掉辜詠夏的手卻被一把拉回。

接著，辜詠夏吻了他。

過一會兒，他的唇緩緩離開，摻了珠光的夕陽擠進兩人之間，映照在彼此的臉龐上。

「你、你幹嘛？你不是說接吻要跟喜歡的人嗎？我們在國外，你不需要演戀人，不用吻我沒關係。」

雖說在船上意亂情迷時吻過無數回，不過江成允將那些行為歸類在藥物催化下的結果。現在雙方都清醒著，沒有必要再演這些。

聽到江成允的這番話，辜詠夏瞇起眼來，修長的指尖點觸剛才被他吻腫的唇。

辜詠夏的體溫透過手指傳遞到江成允的唇間，他的語氣無比認真、堅定，墨黑的眼眸蘊含著不曾在他人面前顯露過的溫柔與沉靜。

承接到對方眷戀的視線，江成允別過臉，想掩飾心裡怦然的悸動。

在沒有任何外界眼光、媒體的束縛下，他是否能對這樣的舉動抱有更深一層意義的期待？

「小實。」辜詠夏突然低喚江成允的小名，把頭輕靠在他溫暖的頸窩裡，「我感到很抱歉。」他細聲呢喃道。

「抱歉什麼？」。

「我弄掉了你重要的東西。」

「……」江成允發聲表示不解，「什麼？」

「紙膠帶。」辜詠夏提示。

「那個……我沒有那麼在意了……」

他確實沒有那麼在意了，江成允瞬間回想起十年前，他在片場不斷詢問、不斷尋找，都沒能找到雨中少年的那個午後。

時間流逝，四周閃過人群晃動的線條，而他們互相凝視的身影彷彿是道靜止不動的背景。

唯美的夕陽聳立在崖角的白色燈塔，布滿青苔廢棄的古老半圓拱橋，通常這種燈光美、氣氛佳的時候，主角應該要獻上彼此初吻……

是啊，他演過的愛情戲，劇本都是這樣寫的。

在最浪漫的時刻，展現最完整的自己。

過去，他能理解這種劇情鋪成，卻不懂得這究竟是怎樣的情感，只能盡可能揣摩到最相似的表情。

如今，他明白了。鹹鹹的海風拍打在江成允的臉上，他忽然有點想哭的衝動。

「在想什麼？」

辜詠夏發現懷中的人有些顫抖。

「在想……初吻……」還在就好了。

後半的話江成允沒有說出來，但眼中止不住失落。

辜詠夏輕笑，捧起他的臉。

「是初吻喔！」

「嗯？」江成允抬頭，疑問隨即埋沒在接下來的吻中。

「是初吻，你的每一個吻都是。」

「……嗯。」

他的話語和他的吻，都撩動著江成允的心。

紅藍相間的浮漂淹沒在一波波橙色海浪裡。

江成允閉上眼，任由自己淹沒在一連串甜膩的綿吻裡。

◎　◎　◎

『我幫你訂好晚上八點的機票了，你和小夏立刻給我飛回來。』

楚安安的聲音從電話裡傳來，也許是跨國網路的關係，又或者是因為其他原因，總之楚安安的聲音聽起來並不像平常的音頻。

「什麼鬼啊？我才剛到耶！」

而且才剛到港口，連內陸都還沒踏進去。

江成允站在小攤販前，乾瞪著手上剛買的荔枝霜淇淋抱怨。

『船票是我訂的，我當然知道你才剛到。但沒辦法啊，我也是剛接到這個消息。』

「……是片子怎麼了嗎？」

江成允不安地問，點了擴音鍵，順勢瞧了一眼辜詠夏，示意他一起聽。

楚安安的聲音在空氣中擴散，音質頓時變得更不像他。

『倒不是片子出了問題，是廣告置入商硬要讓他的乾妹妹摻一腳，那個廠商跟製作人又是好朋友，所以你懂吧！推不了，只好硬是新開一個角色給她，所以有幾個鏡頭要補拍。』

神扯！不只商品要置入，連人也要置入。

「那真的是他乾妹妹？」江成允忍不住問。

『鬼知道，難道你要我問：抱歉，請問那是你乾孫女嗎？這樣？』楚安安說，『你懂的，出錢是老大。』

聽著楚安安充滿輕藐的語調，江成允可以想像他在電話的另一頭，白眼翻到屁眼都翻不回來的模樣。

「呃……好吧！有幾場要補？」

『唉，多的呢。不過後製能先處理的會先處理掉，你的部分大概剩五六場吧。總之，你們先回來，回來再說。』

「知道了，你把機票傳給我，我們等等就回去。」

『等你。』

楚安安語畢，手機轉暗。

香甜的荔枝霜淇淋沿著手腕，滴了幾滴在腳邊的紅磚地上。

「要回去了。」江成允無奈地說。

「嗯。」辜詠夏輕哼。

他們手牽著手，並肩站在小攤販簡易的陽傘下吹著海風，品味一支霜淇淋的短暫愜意。

第八章

肉食女的食量有多驚人，看廣告商乾妹妹的一言一行就知道。

乾妹妹置入的戲都是大場面，事前道具準備和搭景都頗費工夫，一天能補拍完一場戲就阿彌陀佛了。

明明早已殺青的戲，就為了不知道打哪來的乾妹妹，整個劇組都被強制召回，還得拚命趕工。補拍的這幾日，劇組各個叫苦連天，沒幾個工作人員給乾妹妹好臉色看。

但乾妹妹的毅力驚人，對於工作人員的白眼全視若無睹。不是在導演身邊嘰嘰喳喳獻殷勤，就是跟在江成允身後裝嫩裝不懂。連放飯時間也不放過，桌下的兩隻腳不斷蹭著江成允褲管，如此明顯淺規則的邀約舉動，連平時大剌剌的京雅都看不下去。

明明他敬愛的詠夏哥才是正牌男友，居然被不知從哪來的乾妹妹擠到隔壁帳篷吃飯，像話嗎？

儘管組員各有各的不滿，不過礙於導演及兩位男主都沒有說什麼，大家也就沒多閒話。

而今天也是如此，乾妹妹一到片場，甜甜地向導演打完招呼後就一直貼在江成允身邊轉。就連江成允與辜詠夏正在換戲服，也不見乾妹妹有要迴避的意思。

「不好意思，這位臨演小姐，這裡是演員的專用更衣區，您的更衣區在隔壁。」

楚安安嘴上客氣地稱呼乾妹妹為「您」，但用字卻狠批她只不過是個臨演。

「我已經換好了啊，又沒有要在這裡換。」乾妹妹噘著嘴，無所謂地回應。

「沒關係，我們也差不多換好了。」江成允臉上的笑容依然無懈可擊。

說真的，江成允並不怎麼介意乾妹妹在場，反正這幾天已經見證到乾妹妹死纏爛打神人等級的功力，又何必浪費口水。

更何況，今天拍的場位在到處都是高樹黃沙的荒山野嶺，又是補拍，場務人員只簡單搭了一個大棚，所有器材與人都擠在裡面，就算更衣位置有區別，也只是形式上貼張演員名字的紙條就算完事，連遮簾也沒掛。

所以這樣的理由是請不走乾妹妹的，不如趕緊拍完撤場比較實在。

「你看！人家成成都不介意，你介意什麼啊？我還有很多演技上的事情要請教成成，當然要把握每分每秒啊。」

乾妹妹對江成允露出一記甜笑，轉過頭卻對楚安安翻白眼。

成成？成成也是妳叫的？死丫頭，妳不知道影帝是我一手帶出來的嗎？居然敢這樣瞪我。

楚安安心頭火起，與乾妹妹兩人惡狠狠地對看，空氣一陣暗潮洶湧。

乾妹妹不知道這人妖經紀人幹嘛一直找她麻煩，她也是有業績壓力的好嗎？現在她的朋友圈裡，誰不知道她正在跟江成允拍戲啊，江成允公開出櫃又怎樣？

俗話說沒有攻不下的男人，只有不會用心機的女人。只要硬得起來，她自有辦法搞定。只不過眼見都一星期過去了，她跟江成允竟然連一毫米的進展都沒有，不管她表現得多親密，江成允都一副好像她穿了隱身斗篷一樣，完全不當一回事。

不僅如此，除了人妖經紀人處處擋她，檯面男友辜詠夏也護得很徹底，導致連出去吃消夜，不小心被拍到的基本橋段都沒發生，要她怎麼在閨密面前抬得起頭呢？

不行、不行，她得想想辦法。

「成成，我那個好像來了，想到遠一點的地方去上廁所。你之前不是來過這裡嗎？可不可以跟我說哪裡比較適合女生去啊？」

「想上廁所，不會找女生帶妳去啊？」

楚安安再也受不了了，直吐槽乾妹妹。這個心機女，可以不要那麼飢渴嗎？真是的。

在荒山野嶺裡出外景拍攝，最大的困擾莫過於沒有盥洗設施。上至演員下至助理，全員都必須在樹叢裡找地方自行解決內急，乾妹妹的問題也算合理。

不過放眼望去，劇組唯二的兩位女性組員正如火如荼地替幫派臨演們畫傷妝，眼看是空不出時間帶乾妹妹走一趟。

「那我帶她去好了，反正我也有點想上廁所。」江成允沒有多想，直接應諾乾妹妹。

楚安安一聽整個傻眼！不知江成允是真聽不出乾妹妹的弦外之音，還是只是白目而已。

「真的嗎？謝謝！」乾妹妹得到江成允答應帶路的回覆，喜出望外，更加無視楚安安的阻擾，

「對了對了，我這一段真的不會演，台詞跟情緒我怎麼對都覺得很奇怪，等等在路上你可不可以教教我？」

「妳有哪裡不明白嗎？」江成允疑惑。

「這裡、這裡，你看這句台詞我該怎麼表現比較好呢？」乾妹妹欣喜，連忙攤開劇本，勾住江成允的手接著問，「是不是因為我太笨，還是我是臨時加進來的緣故，我對故事的來龍去脈都不是很了解……」

從頭至尾保持沉默的辜詠夏只是淡淡地看著一男一女親暱依偎，漸行漸遠的身影，默默退出帳篷外。

乾妹妹挽著江成允往樹林方向走去，還不忘回頭補給楚安安一記勝利的微笑，卻瞥見在七竅生煙的楚安安身旁，辜詠夏微帶著一絲苦澀的表情。

而辜詠夏意識到乾妹妹的視線之際，隨即黯下雙眼。

◎　◎　◎

「你做什麼？現在在拍攝中耶！」

江成允跟乾妹妹分開，站在樹叢裡原本要小解，卻冷不防地被辜詠夏伸手摸了一把，害他尿意一下子急收。

辜詠夏貼上江成允的後背，呼吸有些紊亂。他一手滑進江成允解到一半的褲頭內，一手搔著他冰涼的耳垂。

柔嫩的耳垂因敏感而泛紅。

「你對她很溫柔嘛。」

他咬住他粉嫩的耳垂，輕聲指責江成允。

「哪有？」

江成允忍不住回嘴，儘管他們所在的荒山樹叢裡隱蔽性高，但總歸還是開放的空間，經過的人都可一覽無遺。

江成允伸手推拒背後有些霸道的人，但辜詠夏的身板依舊不動如山，滿滿的醋意淹沒辜詠夏，逼著他加重手前的力道。

下體遭到刻意的挑逗揉捏，慾望已然升起，惹得江成允呼吸緩緩急促起來。

「哪沒有？你對她超有耐性的，還教她怎麼演戲……還帶她上廁所？」

辜詠夏自己說著說著卻大力地嘖了一聲，孤男寡女在荒山野嶺一起上廁所，那能發生的事也只有一件吧？這個人難道都沒有被吃的自覺嗎？

「別鬧了，又不只我，她也一直貼在導演身邊……啊，再說我對人都很有耐性好嗎！啊！」江成允反駁，聲音卻禁不住下體被愛撫的舒服感而溢出聲來。

那還用說，是因為乾妹妹一直NG好不好？不指導她是要何年何月才拍的完啊？

「但你之前對我不是這樣。」

「那是因為……」

「那是因為？」

在船上的那幾夜，辜詠夏早已摸清了江成允全身上下所有的敏感點，每一次的揉捏都直觸最令人顫慄的部位，快感一波波襲向大腦，讓江成允酥麻得接不了話，他雙手顫抖地扶著樹幹，身軀自然呈現臀部微翹的姿態。

這般不經意裸露的性感令辜詠夏慾火難耐，他右手扣住江成允嫩滑的鼠蹊部，將他的臀部更貼近自己脹大的慾望。

「因、因為你……夠了，不要再抓了！要趕快回去。」

透過薄薄的布料，江成允感受到背後的人渴求自己的信號，而他後穴也因為辜詠夏刻意的摩擦而緊縮起來，他知道身體已經擅自準備好接受一場性愛，但他腦內的理智卻不允許。

江成允的膀胱是真的快到極限了，再抓下去，他真的會憋不住。

「是你的話，就算半小時不回去也不會有人說什麼。」

眼看懷中人的脊椎曲線突出，後頸泛起紅暈，辜詠夏不禁輕咬住江成允粉嫩的後頸肩，柔軟的舌舔舐出誘人慾望的聲音。

「咿啊！半小時太扯了……」感受到脖子上濕潤的觸感，江成允的身軀狂顫一陣。

「那十五分鐘結束吧！你這裡已經……」

宰詠夏沒說下去，不再吊胃口，炙熱的大掌直接摩擦起江成允挺立的分身。

江成允感受到下體肌膚又痛又癢，那股折磨人的觸感，在船上身體品嘗過的快感瞬間被喚醒。他的膝蓋頓時失去支撐力，重心往後一攤。宰詠夏趁勢伸出雙手，強而有勁的臂膀穿過江成允的膝窩，讓他的腿呈現一個大大的M字，並將自己炙熱的慾望抵了上去。

「你！」

姿勢太害羞，又感覺到身後的硬挺，江成允更加忐忑。他背脊發熱，像是整個人貼在鐵板上一樣。羞恥和隨時都會被人看到的恐懼感爬滿全身，令江成允的呼吸愈加慌亂。

他掙扎著，但經過幾次反抗都沒有結果。

我跟這傢伙的力氣有差那麼多嗎？還是因為是背後箝制的關係？

江成允不是未經世事的處男沒錯，但打野砲這檔事還真的沒做過，至少今天以前從沒發生過。

難道他人生的第一次野地實戰，要在這種情況下發生嗎？

「等等……等、不要！太糟了……」

江成允也不知道自己在糟什麼，總之他腦中一片混亂。

「你最好控制點音量，否則大家來看到你這樣子才糟吧。」

「你居然有臉說……嗚！」

「小實，我想做。」

他用哀切的聲音耳邊呢喃，像是懇求，又像是命令。宰詠夏說著，薄唇已強制貼上江成允的嘴。

真是太惡劣了，居然在這時候叫人小名。

江成允被吻了，舌頭不但沒有抗拒辜詠夏的入侵，還不自覺地張嘴纏吻起來。

「嗚……嗚、要掉下去了啦！」江成允發出細細哀鳴。

「那你是不是該自己抓好？」

辜詠夏輕笑起來，帶啞的聲線依然好聽迷人。江成允被哄得無法集中精神，不自覺地拱起腰，兩手往後一扣，牢牢環住辜詠夏的頸部。

身下的人雙手一環，辜詠夏像是得到了許可，他空出手來撫弄江成允的後庭，直到那收緊的窄穴逐漸放鬆，他下身一挺，將慾望擠進江成允紅腫的後孔中，開始抽送起來。

「等等、等等，我……」

江成允臀部因尿意不斷往前縮，卻又被辜詠夏緊緊按回來，理智在慾望及生理之間徘徊，他真的快撐不住了。

「成成！成成！你在這附近嗎？我迷路了！」這時，遠處驟然傳來乾妹妹甜膩的叫喚。

江成允正身處在肉體崩陷的極致邊緣，腦內全是辜詠夏炙熱的喘息。在如此心動迷亂的時刻，乾妹妹的聲音硬是把江成允的理智瞬間抓攏回來。女人的聲音讓江成允羞恥爆棚，被人窺見的緊張感頓時竄流全身。

「等等，不……」

理智逼迫江成允開始牴觸背後的力量，可惜徒勞無功。光是對抗生理快感及尿意的衝突就讓他耗盡心神，推拒辜詠夏的氣力也變得單薄無力。

「不想被人看見？」

辜詠夏的氣息摩娑在江成允耳後，說著便伸出手，壞心地直接按住江成允下身慾望的出口。

「成成？你在嗎？咦……是回去了嗎？」

隨著乾妹妹的聲音由遠而近，辜詠夏搖動腰桿的速度加快，衝刺得更加劇烈，完全沒有要收手的意思。

在片場，乾妹妹親暱的舉止等於往他頭上澆了一桶油，而點下火種的是江成允完全不拒絕的態度。

縱使辜詠夏明白江成允不拒絕是因為完全對乾妹妹無感，可令人躁鬱的無名火就是熄不下來。他對心存幼稚妒忌的自己感到焦躁，又擋不住想證明江成允是自己所有的慾望。

「停、停下……嗚嗯！」

江成允「企圖」阻止辜詠夏的入侵，唇邊卻不自覺地溢出愉悅的呻吟，他趕忙舉手，摀住自己的嘴。

這時，附近的樹林又傳來幾聲乾妹妹的呼喚以及人漸離去的腳步聲，不過江成允在驚慌的驅使下一片混亂，根本沒發現乾妹妹已經遠離。

「小實，我愛你。說你愛我好嗎？你說我就停下來。」

宰詠夏揪緊眉頭，氣息紊亂地對江成允吐露出赤裸的愛意，並同時用強硬的舉動逼江成允就範。江成允轉頭，抬起泫然欲泣的雙眼，忍到極限的淚水打霧宰詠夏哀求的眼神。

他愛我？確定嗎？

這個問題在江成允心中浮現。就在江成允心裡還在遲疑的同時，身體竟自主率先反應。他拉過宰詠夏的後頸，把唇抵上他的雙唇。

「嗯，我愛你。」

江成允氣音般的告白貼在唇縫間，但宰詠夏確實聽見了。他全身一緊，炙熱的舌尖探入江成允甜膩的口中，而江成允也瞇起眼，主動捲起舌，纏上宰詠夏伸入他口腔的柔軟。

得到愛人回覆的承諾，讓宰詠夏更肆無忌憚，不斷將慾望擠入江成允狹窄的體腔內，手勁按壓的力道也忽強忽弱。

「嗯，等一下、等尼啞、等……嗯啊……」憋尿的痛苦與生理的歡愉交織出難耐的快感，江成允承受著體內難以言喻的感覺，陷入瘋狂，連話都說不清楚，「要上出來了……」

「那就尿出來吧。」

「不要，很……髒……」

「沒關係，我不介意。」

「你、騙子，剛、說會停的！不！呀啊、啊……等等啊！！」

挑準時機，宰詠夏手頭一放，江成允緊繃到極限的膀胱也受不了壓迫，淡淡的淺黃色液體從挺立的前端流出，液體嘩啦嘩啦地湧流而出，江成允看著，羞恥得喊不出聲。

四周只剩兩人鼓動的心跳及辜詠夏如波浪的喘息。但這只是這場性愛的中繼，直到江成允的性器再也滴不出任何液體，辜詠夏的慾望又開始在江成允的體內摩擦起來。

接著，辜詠夏在江成允後穴一陣緊縮之下，釋放所有的慾望，達到高潮。

在一陣旋風般的情迷過後，江成允癱坐在草叢裡的石塊上喘息……他呆望著眼前滿地荒野實戰的痕跡，久久說不出話來。

很糟糕，真的很糟糕。

他接受了他的侵略，辜詠夏的侵略還是自己默許的！

真是太糟糕了。

「王八蛋、不要臉、大騙子，你居然在這裡發情，還不快回去！」

江成允心虛地指責，任性地把錯全推給辜詠夏。

「你呢？」辜詠夏笑著接受他任性的推卸責任。

「整理好就、就回去。」

「嗯……」

辜詠夏拉上拉鍊轉身，卻在走了幾步後折回來。

他托住江成允的下顎，快速親了他一口，說了「等你」兩個字後離開，而江成允的臉瞬間爆紅到比剛剛還誇張。

目送辜詠夏消失在樹林間的背影，江成允揉了揉被咬得發腫的唇。方才在性愛中，辜詠夏急切的告白一口氣閃過眼前。江成允的胸口鼓動，臉頰泛起一陣滾燙。

而辜詠夏沿著來時路折返回外景片場，腦中不由自主地浮現乾妹妹勾著江成允手臂的那一幕。乾妹妹如此積極進攻的樣子讓辜詠夏一時克制不住獨佔的慾望。他知道自己的想法很幼稚，舉動也很輕率，可他顧不了這麼多。

他多想將他藏起來，能少一個人看到江成允的光彩就少一個。只是江成允已是亞洲炙手可熱的實力派演員，他的魅力早已攤在陽光下。像乾妹妹這樣的角色往後只會多，不會少。

辜詠夏揉了揉太陽穴，無奈地聳聳肩。

沒過多久，江成允整理好後回到片場，發現乾妹妹的演技忽然突飛猛進。雖然還無法媲美職業演員的水準，但起碼能拍出可以剪接的片子了。就連有問題也是轉尋求導演或是其他演員協助，不再只纏著他指導演技。

到底是他這老師教的好呢？還是乾妹妹突然開竅了？

就在江成允思索這個問題的時候，片場另一頭驟然傳出驚呼聲！

◎　◎　◎

會議室裡，所有人的表情都相當凝重。

昨日外景拍攝一場重機飛越橋墩的戲時，因控制鋼絲的懸臂機設定不當，導致辜詠夏沒有在預定點落下，而是連人帶車，整個撞上橋墩裸露的基石。

幸好辜詠夏在高空下墜時就已察覺方向不對，機警調整重機角度，當作人體與橋墩之間的緩衝，才沒釀成不可挽回的後果。

儘管是平安降落有驚無險，不過辜詠夏的身軀還是承受了一定程度的衝擊，雖然劇組每個人都很擔心，可辜詠夏本人卻說不礙事，還若無其事地演到最後一刻。沒想到一離開鏡頭，辜詠夏竟然連站都站不起來。

「小京說詠夏的傷不是很嚴重，但醫生不建議做劇烈運動，看樣子明天是不可能復工了。」

場記人員放下電話，向大家報告最新的情形。

知道辜詠夏的狀況，全場人臉色更加暗冷。

「要不然……剩下的明天請小鄭代……」

導演瞅了江成允一眼，率先提出解決方案。小鄭在拍片期間被強制解雇，不過現下武家班少了一個人，人力吃緊，根本應付不來劇本更改後加設的大量特技武打場面，於是劇組還是力邀小鄭回到團隊裡。

「不需要。」

江成允沒等導演說完，看都沒看小鄭一眼，硬聲回絕。

「小江？」

「不過就差幾個鏡頭而已，不需要替身，我可以自己來，請技術在旁指導就可以了。」如此不給面子的否決，讓提議的導演有些騎虎難下，而小鄭的臉色更是愈來愈難看。

「剩下的戲也不是非要替身。明天的橋段該如何套，我已經看師傅他們演練無數次了，我可以。」江成允神態語氣堅定。

「但是……」

「其實那些並不難，就只是有些危險而已。別人做得來，沒道理我就辦不到。」

「你也知道啊？那何止是危險，火燒身的場面無法用特效，那是需要用命來博的！」楚安安激動地站起來，極力阻止江成允的念頭。

「導演，雖然明天會花比較多心力，但還請您多多包涵，我會盡力的。」江成允明顯沒把楚安安的警告放耳裡，直接尋求導演的認同。

江成允現在的心思全懸在辜詠夏身上。

辜詠夏是他的專屬替身。這部戲可說是他與辜詠夏一起的、就如同某種誓約般的信物一樣，他實在不想跟人分享這份私密。

『特技演員的疼痛沒有替身。』

他始終記得辜詠夏講的這句話，過去他為他承受身體上的痛苦，今天換他自己來承受這份責任。

只不過他這份堅持看在旁觀的小鄭眼裡，除了滿滿的排斥以外再無其他，縱使江成允並非對小鄭心存有疙瘩，才做出不需要替身的結論。只是說者無心聽者有意，小鄭因為辜詠夏受傷而被找回來，結果現在他坐在這裡，又被拒絕，這算什麼？這不存心給他難堪？

小鄭靜靜坐在會議桌的角落，眼神驟然一黯。

眾人在會議室裡面面相覷，在江成允強力爭取自主演出下，導演與製作也只能點頭默許。

然而另一方——

在醫院的京雅，卻對眼前乾妹妹的自主倒貼默許不了。

「我說妳，到底要跟著我們到什麼時候？」

之前猛黏著小成哥，發現小成哥不理人，反倒轉往詠夏哥身上貼，真是不要臉。京雅捏著鼻子，怒瞪著黏膩香水味薰滿身的乾妹妹，在心中開罵。

自辜詠夏進醫院後，乾妹妹便一直跟在身邊，一下嘘寒問暖、一下送飯送茶，好像她才是辜詠夏的正牌助理。

「我也是關心詠夏嘛！」

詠夏？京雅聽著嗲音，一臉錯愕。

「更何況，我還有很多武打的對手戲需要請教專業的意見，再說，原本都是跟詠夏套好的，現在突然換人，我當然不知道該怎麼辦啊。」乾妹妹說得一臉當然。

「這位小姐，既然換人，是不是就該跟主演或是現在的負責師傅對戲？妳在這裡只會拖宕劇組的時間。」京雅鼻孔噴氣，決定不給乾妹妹台階下。

「我又不是沒問過成成，但他根本就不會教嘛。只會一直演練給我看又有什麼用？還有那些武打師傅都超好色的！跟我對戲時，每個人都藉機偷摸我！我怎麼敢跟他們有接觸？」乾妹妹理直氣壯地反駁，把錯全推給江成允及武家班身上。

她可沒說謊，幾個武打師傅真的有吃過她小豆腐。

乾妹妹端出冠冕堂皇的理由，硬把京雅堵回去，還一邊往辜詠夏的手臂後方躲，好似京雅是個橫臉的老後母一樣。辜詠夏則挑眉，瞥了一眼乾妹妹。

演藝圈裡識時務者為俊傑，乾妹妹特意邀江成允在樹林獨處被放鳥後，知道該平攤風險。既然江成允擺明攻不下，也沒必要繼續鑽他這個人。沒魚蝦也好，反正都要搏版面，於是將目標轉移到辜詠夏身上。要是能跟辜詠夏搞點新聞出來，也不算太虧待自己。

「妳怎麼……這……！」尚未滿二十歲的京雅，內心怎麼說都還是個毛孩子，根本說不過盛氣凌人的年輕女孩。

「小京，你不是要去幫我拿東西嗎？再晚服飾店就關了吧？」

這時辜詠夏出聲，他用平靜柔和的嗓音說道，並給了乾妹妹一抹淡淡笑容。

「可……」

「我沒關係，等等家裡會合。」

「……好吧，我知道了，等等見。」

聽到辜詠夏叫自己迴避的話語，京雅起先有點彆扭，但看見辜詠夏朝他使了眼色，只好點點頭，乖乖離開醫院。

見到辜詠夏把京雅支開，乾妹妹喜出望外。想著原來辜詠夏也有這意思，便抬頭對辜詠夏展開甜笑，接著親暱地挽住他的手臂，將駭人胸器愈壓愈近。

「我喜歡平胸。」

「嗯？你說什麼？」

眼角確定京雅離開了診區，辜詠夏面無表情地默默冒出一句，聲線由柔和轉為冷淡。

乾妹妹還浸在獨占的喜悅當中，一時沒意會過來。

「我說，我對妳胸前那兩坨矽膠不感興趣，請別拿它們抵著我。」辜詠夏咬字清晰且音量渾厚，引來路過的人側目，「感謝自己是女生吧！剛剛京雅在，我不好意思拆妳台。」

乾妹妹瞠目，瞬間啞口。辜詠夏也沒等乾妹妹反應，自己繼續說：

「妳不是想知道如何演好動作戲嗎？我告訴妳一個訣竅，只要把身上、臉上墊的東西全部拿掉，這樣妳在出動作時才會自然，不會有太多罣礙。」辜詠夏意味深長地瞥了乾妹妹的鼻子、下巴還有胸口一眼。

「你、你知不知道你在說什麼？」乾妹妹的話語顫抖，怒意不禁使語調提高好幾度音。

「那妳知不知道妳在說什麼？能有影帝親自指導演技是非常難得的事，我不知道這有什麼好抱怨的，如果妳不是真心想演戲，只想炒新聞的話，麻煩妳去找妳的乾爺爺。」辜詠夏話烙得狠。

「你！！你以為你是誰啊！」

辜詠夏揚起眉梢，不理會乾妹妹張牙舞爪的態度，自顧自地滑起手機來。兩人銳利的口舌之爭招來人們的指指點點。

乾妹妹簡直氣炸了，目前為止，有哪個男人給她這種臉色過？她心頭湧上一股怒火，伸出手就往辜詠夏的臉上揮。

至於辜詠夏，雖然他的身上仍感覺很痛，不過肢體的反應力依舊比普通人靈敏。在乾妹妹舉起手來的那一秒，他早已側開身，俐落閃過乾妹妹的巴掌攻擊。而乾妹妹惱羞成怒，下手不輕又揮空，重心不穩，整個人狼狽地跌在醫院走廊上。

「你居然打女人！」

乾妹妹不甘心，做賊的喊抓賊，反而高分貝指控辜詠夏來。

「我真是不知道我這副樣子到底要怎麼打妳？」

只見辜詠夏一派輕鬆，秀出自己從脖子、胸口固定到手的支架與繃帶反問。

乾妹妹的指控自打巴掌，惹來醫院圍觀的人一陣爆笑。

她漲紅了臉從地上爬起，粗魯地撥開人群，羞憤地離開醫院。

◎ ◎ ◎

「外帶十五號的客人，您的餐點好嘍！」

聽見櫃檯叫號，江成允推了推墨鏡，上前遞交號碼牌。

他接過沉甸甸的提袋，袋裡的焗烤番茄麵還冒著熱氣。

這是北部一家知名的焗烤料理餐廳，江成允下戲時特地繞來買的。在異國的海邊時，他注意到辜詠夏點了焗烤的麵食，所以他猜想，辜詠夏應該也會喜歡焗烤番茄麵。

江成允拎著提袋，從坐進車裡到回家搭電梯，途中都時不時打開袋子檢查另外裝的飲料和醬料有沒有外漏。

他受傷在家，應該都沒怎麼吃吧？江成允心想。

不料電梯門一開，眼前的景象讓江成允嚇了一跳。

家裡的門沒有關。

雖然住家是飯店式管理，一層一戶的高級住宅，不至於讓江成允聯想到小偷入侵，但他還是很疑惑辜詠夏怎麼會忘記關門。

江成允拎著食物，小心翼翼地挨到門邊，往裡面窺探，沒想到會聽到房內有兩個人爭執的聲音。

他豎耳傾聽，認出其中一個聲音是辜詠夏。江成允稍稍安心之餘，也很好奇辜詠夏是在與誰爭執。

江成允推開門，躡手躡腳地走進玄關，在進入室內後，爭執的聲音也更鮮明。

是辛詠夏與京雅。

京雅說話的語氣是前所未有的緊繃與責難，與他在片場傻憨的音頻有很大的出入，以至於江成允沒有在第一時間認出來。

想來京雅是因為辛詠夏受傷卻知而不報這件事生氣吧！

江成允在內心設想京雅的立場。雖然他當下也為辛詠夏受傷不講這件事有點不悅，但由於他之前也發生過類似的事，因此也沒立場責怪辛詠夏什麼。

「我真的不懂這有什麼好隱瞞？要不是我發現這張名片，詠夏哥你是不是打算根本沒發生過這件事？」

名片？

江成允原本想上前當和事佬，只不過腳步在聽見京雅說的話後自動停了下來。

他悄悄靠在玄關櫃後，利用死角，偷偷觀察房內兩人的動靜。

京雅手上握著一張掐爛的名片，對辛詠夏激動地喊道。而他手上的名片，正是在郵輪上那場慈善晚會上 **Ron** 的名片。

今早，高級服飾店打電話給京雅，告知上次歸還的西裝暗袋裡有辛詠夏忘記取走的私人物品。京雅前去領取時，發現除了幾枚零錢、票卡和其它瑣碎的票據之外，最重要的就屬這張名片了。

Ron・Lee 是歐美影視圈裡數一數二，赫赫有名的影視經紀人。

許多好萊塢線上的一級演員都是他一手捧出來的。**Ron・Lee** 不單只是影視經紀人，他還是獨具慧眼的星探，至今有不少挑大梁的演員在被 Ron 發掘前都默默無名，卻都在與 Ron 合作後一鳴驚人。

據傳，要拿到他的名片可比排到上月球的太空票還要困難。

京雅在服飾店初次看到這張名片時，完全不敢相信自己的眼睛，以為詠夏哥遇到了詐騙還是什麼的，直到他依名片上的電話撥了回去，雞同鴨講了快一小時，才確定手上的名片是真品。

這麼好的機會，詠夏哥居然不當一回事，甚至還想放水流？真是太不懂得珍惜了！

「你不懂，我有我的考量。」

「我確實不懂你有什麼考量，也不明白這麼難得的機會有什麼好猶豫的，對方是 Ron・Lee 耶！」京雅揮著名片指天指地，表情誇張地說，「在亞洲就算很紅，也沒有多少人能到歐美影城發展，更何況是別人親自找上門！」

辜詠夏皺起眉間未發一語，只是歪著頭拉拉脖子。

他當然知道京雅說的是非常實在的道理，他必須打電話，答覆 Ron・Lee 的邀約才是明智之舉，而且他相信任何人遇到 Ron 的招攬都勢必會點頭。

選擇一位有能力的經紀人，是在演藝圈的首要重點，這點各國都一樣。

「我只是個幕後特技演員。」

辜詠夏用過度無所謂的語氣回應，像是要說服自己似的。

「但你以前跟我分享的未來不是這樣。」京雅厲聲責難道。

江成允屏息貼在玄關櫃旁，用手壓著胸，深怕自己愈來愈快的心跳會洩漏他偷聽的事情。

身為亞洲影帝，江成允當然知道 Ron・Lee 的名號，這位超級經紀人真的比明星還要隱密。但重點是——Ron・Lee 找過辜詠夏？他怎麼都不知道？是什麼時候的事？

「……」

京雅犀利的問句換來辜詠夏嚴肅的沉默。

「顯然你沒有忘記你說過你嚮往的未來。」

嚮往的未來？他嚮往什麼樣的未來？江成允在心裡問。

「如果你嚮往踏上世界的舞台，你要做的就不是拒絕。」京雅說。

辜詠夏墨黑的雙瞳轉暗，改以沉默應對。

與江成允從小就立志要在演藝圈裡闖蕩不同，辜詠夏一開始對特技演員這一行其實沒有多大的熱情。

年輕的他只是單純認為，沒有當道顏值的自己成為演員的希望渺茫，至少選擇特技替身這份職業多少能離江成允近一些。

只是經歷了幾部戲，他開始在意起這份工作。開始追求所謂的極限與完美，開始不甘於只是個特技替身，而是想成為真正的動作派演員。

這或許是他當下接到 Ron 遞出的邀約時，沒有馬上回絕的理由。

機會降臨的同時，也發出了考驗——原本以為注定無望的戀情竟然有開花結果的可能。

他從來沒想過，江成允一點一滴地接受了他！

只是人生都是這樣。選擇往往來得太快太突然，然後逼得我們不得不選擇。當辜詠夏還孑然一身時，他做的一切都只希望離江成允再靠近些，如此而已。

他很想告訴京雅，他的夢想已然實現。

可是……

辜詠夏一時說不上來，他很滿足於現在與江成允的互動，而且江成允也接受他……只是，當京雅質問他嚮往的未來時，突然有一股說不出的悶感卡在胸前，辜詠夏自己也不明白為什麼。

「你拒絕的原因，是因為和小成哥交往，怕離開他身邊嗎？」

京雅試探性地猜測，他從小第六感的能力就是神話級的準確。

辜詠夏沒說話，只是嘆了口氣。

「他在亞洲已經名利雙收了，不需要你擔心。」

「並不是因為這個……」

「那是為了什麼？」京雅又問，「還是他不讓你去？如果是，你最好想想他是不是真的愛你。真正愛你的人會希望你更好不是嗎？」

京雅的疑問讓江成允瞬間愣住，忘了呼吸。

他忽然很害怕聽見辜詠夏的回答。雖然他們之間似乎有互相喜歡的氛圍和超乎親密的肢體接觸，可確實誰也沒承認過喜歡……或是愛。

他愛我嗎？或者說，我愛他嗎？

江成允撫著胸口，如此問自己。

短暫的安靜過後，京雅鏗鏘有力的聲音再次響起。

「這是個很好的機會不是嗎？特技演員在亞洲真的很難出頭，別忘了，這一行可是有年齡的門檻，既然詠夏哥決定要往這方面發展，那當然是愈早抓住機會愈好。」

「我沒接受的理由不是你想的那樣……」

辜詠夏的語氣裡透出些許疲憊。

「那是為了什麼？我並不是要詠夏哥你分手，我只是認為比起愛情，抓住機會，才是你眼前該做的事。」京雅眼神凝重地吐了口氣，接著說，「小成哥應該快回來了，那我先回去了。還有，你要的東西我帶來了……那詠夏哥也好好思考一下吧！」

京雅邊說，邊從包包裡掏出一個暗紫色絨布包裹的小盒子，小心翼翼地擱在桌上。

聽見京雅說要回去，藏在櫃子後頭的江成允急急忙忙退到電梯口，倉皇地躲進逃生梯間。

他背貼著冰涼的鐵門，聽著門外電梯響燈、開門、關門的聲音。

江成允揪著胸口，獨自坐在逃生梯間好久好久……直到熱騰騰的焗烤通心麵不再散發出熱意及香氣。

第九章

鑰匙在門外旋轉的聲音響起，辜詠夏看了眼牆上的掛鐘，指針剛閃過午夜十二點。

「你去哪裡了？怎麼這麼晚回來？」辜詠夏盯著晚歸的人問。

「只是跟人妖去喝一杯，順便討論工作。」

江成允隨手將包包丟在沙發上，轉身上二樓。

「喔。」辜詠夏簡單應聲。

江成允的演技真是無懈可擊，說起謊言來表情也十分自然不造作，眼神連閃躲都沒有。要不是他進家門的前一分鐘辜詠夏才剛跟楚安安通過電話，得知江成允早在四小時前就已離開攝影棚的事，不然以江成允現在的表現，他絕對不會懷疑去喝一杯的說法。

「安哥剛剛打來，要我提醒你回來時跟他聯絡，他要跟你討論明天跟你盯剪片的事。」辜詠夏的這段話說得若無其事，卻一秒戳破江成允精湛又拙劣的謊言。

剛掛好西裝的手停在空中好幾秒，江成允扯下領帶：「你現在是故意的嗎？」

「故意什麼？」

察覺二樓的人聲音帶著微怒，辜詠夏也端不出好臉色來。

「不要明知故問。」

江成允說道，他佇立在樓中樓上，與站在一樓客廳的辜詠夏對望。

「你剛剛去哪裡？」

須臾，辜詠夏開口。他挺拔的身形散發出一股壓人的氣勢。

「跟你無關。」

江成允別過頭，不想再看辜詠夏，他的眼神太銳利，彷彿能割裂他心中的防護網。

此時背後傳來木地板踩響的聲音，剎那間讓江成允全身一顫。

「你超過界線了。」他警告道。

「是你逼的。」

「別再上來。」

「你剛剛去哪裡？」

「跟你無關。」

「你剛剛去哪裡？」

「少拿男友的姿態問我！」

江成允忍不住提高音量，讓辜詠夏有些憤怒。

「我是你男友。」

「你不是。」

「我不是很有耐心。」

「真巧，我也沒有。」

「我不喜歡你有事瞞我。」

「我也不喜歡你有事瞞我。」

「我沒有。」

「你有——！」

理智就像衝破堤防的洪水一樣，江成允失控地朝辜詠夏怒吼：

「我早就回來了，在小京回去以前！」

辜詠夏瞬間了然於心，他低頭揉了揉太陽穴，模樣懊惱。

「我說，這件事說來話長。」

「我准你長話短說。」

江成允丟了個難題給辜詠夏。江成允到底是從什麼時候開始聽的，聽到哪裡？知道多少？辜詠夏完全沒有頭緒，又該如何拿捏自己解釋的範圍？

「我似乎沒有義務告訴你。」

幾分鐘後，辜詠夏只得出這樣窘迫的回覆。

江成允棕色的瞳孔凝視著辜詠夏深不見底的眼眸，他彷彿聽見了心裡某一角開始崩塌的聲音。

他喉嚨乾澀得發不出聲音，連眼淚都擠不出來。

是他錯了。

他忘了，他們只是飾演一對戀人，情感投注必須收放自如。

他忘了，拖他淌這場假戀愛的渾水的人，是自己。

他忘了，他是最沒有資格問的人。

「……對，你確實沒有。」江成允默默說道。

聲音聽起來有點飄，弱如泣聲般的回答穿梭在他與辜詠夏之間。

空調的聲音流動，冰冷的空氣凍結了所有情緒。

正當兩人僵持不下之時，突然，一道金屬撞擊般的聲音喀噠一響！

室內瞬間暗下來。

過了一兩秒，江成允才恍然意識到是停電。

平時為了防偷拍，家中的阻光窗簾都拉得死緊，停電的瞬間，屋裡頓時陷入伸手不見五指的黑暗。然而就在江成允察覺是停電的同時，一樓乍然傳來如同重物墜落般的巨大聲響。

他趕忙摸索著牆邊下樓，邊喊了辜詠夏幾聲，卻都悄然不見回音。

黑暗與無聲讓江成允莫名緊張起來，好不容易踏到一樓地板之際，卻無預警地被不知名的物體絆了一跤。他吃痛地爬起身，發現絆住他的東西居然是辜詠夏！

「喂？是你從樓梯上摔下來的嗎？喂！」

江成允伸手觸摸辜詠夏的身體，驚覺他全身冰涼，還不停溢出冷汗，嘴溢呢喃。

「喂喂，不會吧？你怎麼了？別開玩笑了！」

江成允喊著，邊拍打辜詠夏的身軀，可是除了感受到身下的人愈來愈激烈的抽搐之外，什麼反應也沒有。

啊！是因為黑暗的關係嗎？

一瞬間，江成允回想起平常時辜詠夏幾乎不關燈，他一直以為「在黑暗中比較難入睡」是辜詠夏不習慣關燈的藉口，畢竟在船上也沒有開燈睡覺……

不對，在船上時每晚都有開夜燈，所以全黑就不行嗎？

「喂！你其實有吧？有黑暗恐懼症？」

江成允在腦中迅速推敲出結果，眼睛也開始適應黑暗，他急急忙忙跑到窗前拉開厚重的窗簾。

月光從大片落地玻璃透進來，在沒有光害的環境，自然的月色比平日還要明亮。

江成允拍了拍辜詠夏的臉，把他拖到照得到月光的沙發上，並把手機切換手電筒模式放到辜詠夏旁邊，讓他感受光亮。

「別緊張，還是有光的。」

接著，江成允扳了好幾下總開關都沒辦法復電，就在不知該如何是好時，大門外的中控聲響起，說明地下室停車場的電路維修失誤，導致部分樓層跳電。

而從黑暗的世界中脫離後，辜詠夏顫抖的身軀漸漸平復下來，只是冷汗完全浸濕了他的上衣，江成允看到，轉到浴室擰了毛巾出來，替辜詠夏換衣擦身。

江成允突然覺得，臥在沙發上的辜詠夏就像個賴床的大孩子一樣，任由他人擺布。

過了一會兒。

「你可不可以講故事給我聽……」

擦拭完一身冷汗，辜詠夏盯著江成允，用與方才爭執時截然不同的語調，小聲地哀求。

聽見辜詠夏提出更孩子氣的要求，江成允不禁莞爾，忘掉剛才兩人還在吵架的事，態度軟化了不少。

「唸故事？你是小孩子嗎？」江成允看到辜詠夏無比認真的臉，「真沒辦法，破例一次。但是我腦內沒有存檔什麼童話故事，隨便找一個照著唸就可以吧？」

正當江成允滑開手機，愁著要搜尋什麼故事時，沙發上的人開口：「劇本也可以。」

「劇本？」

「我要聽松鼠與五色鳥。」辜詠夏指名。

「你怎麼會知道松鼠與五色鳥？」江成允好奇地問。

松鼠與五色鳥是江成允國小的畢業舞台劇，那時他飾演松鼠的角色。

雖然多年不曾想起，現在回憶起來有些陌生，不過這齣劇老師有讓他參與編劇，因此劇裡的每一句台詞他現在依舊倒背如流。

「那天……兔子死了。」

宰詠夏閉上眼，答非所問地回答江成允的疑問。

他講得零零碎碎，但江成允還是靜靜地聽著。這一刻他驚訝地發現，這好像是宰詠夏第一次講自己的事。

「那是我們班一起認養的兔子，養在學校的自然園區裡……」

朝氣活潑的小灰兔原本都會在宰詠夏到來時自己跑到他腳邊，磨蹭著他的腿，跟他討東西吃，但那天，自然園區裡卻不見小灰兔惹人憐愛的身影。宰詠夏找了一陣子，終於在樹叢下的一角發現全身被咬得傷痕累累的小灰兔。

雖然小灰兔全身染血，看似死了，不過牠時而抽顫的腳跟證明牠仍然存活著，但是宰詠夏卻選擇用手輕輕蓋住小灰兔的口鼻，直到抖動的後腳慢慢失去動靜……

這也許是動物的一種本能，在救不了的情況下，選擇讓對方早點離開也是種解脫。

只是小學二年級的宰詠夏並不懂這個體悟，對他來說，他尚未從寵物受傷震驚的情緒裡走出來，就迎接了人生第一次的生死別離。

「……我沒有救牠……」

宰詠夏把頭埋到江成允的懷裡抽噎起來，像是在與神告解般，傾訴埋藏內心多年的祕密與罪惡感。

此刻江成允也終於了解，為何宰詠夏能把電影裡，主角槍殺前輩的那場戲詮釋地如此精湛。

沒想到宰詠夏是在演他自己。他的無奈、他的害怕、他的無助……多年來的愧疚與壓抑，全濃縮在那場戲裡。

「然後呢？」他撫著他的髮，柔聲問道。

「……然後，我躲在掃具箱裡打不開……沒人發現我。很黑……我好像哭了，我也不知道，但就是很黑。好像過了很久很久，我聽到有人在講故事的聲音。」

那個故事就是松鼠與五色鳥。

辜詠夏接著說：

「雖然那個人講的故事不斷重複，但是那個人每次都用不一樣的方式演小松鼠，我覺得很有趣。那個人最後好像也哭了，我想安慰他，但是我出不去……我……」

當他被老師發現、救出來的時候，已經不知道是多久以後的事了，雖然他還是很害怕，但是小松鼠的故事讓他忘記自己身處黑暗。

等辜詠夏再次聽見熟悉的聲音，是在參觀六年級的畢業公演上。江成允的名字與身影就這麼烙印在他的心魂，再也抹不去。

聽到這裡，江成允想起小六那段時間，他每天早上都會到到學校裡沒什麼人的自然園區，練習畢業舞台劇。

原來，不只在那個夏天，在更早之前，我們曾經近在咫尺嗎？

江成允的心莫名地悸動。

這世界上每一個相遇都是必然，沒有偶然。

所有的緣分都是上天巧妙的安排，即使只有一面之緣，那都是修了好幾世的因果。就算錯過，緣分終究會在另一個點上交會。

辜詠夏拉了拉江成允的手，像一個生病脆弱的孩子撒嬌懇求道。江成允點點頭，輕輕開口。他化身成一個說書人，語調抑揚頓挫，把故事講得活靈活現。

「可以說故事了嗎？」

有隻松鼠在樹林裡覓食時，意外撿到了一隻五色鳥的蛋，五色鳥是傳說中的神鳥，於是松鼠把蛋帶回家照顧，在小鳥出生後也當自己的孩子一樣寵愛。小雛鳥跟松鼠感情很好，還會利用結實的嘴喙趕走想欺負松鼠的壞動物們。

小雛鳥漸漸長大，變成擁有一身華麗羽毛的五色鳥。牠每天都待在樹洞裡面，望著外頭的天空，渴望在藍天高空展翅飛翔，松鼠雖然很想把小鳥留在身邊，但終究還是讓五色鳥回歸本就屬於牠的碧藍。

辜詠夏枕在江成允腿上靜靜地聽著，意識愈來愈模糊，直到江成允說完故事才發出平穩的鼾聲，沉沉睡去。

辜詠夏說，他在掃除櫃裡的時候，覺得外面的人好像哭了。

是的，那時江成允確實哭了。

雖然是畢業公演，但這是他人生第一齣舞台劇，他從沒有忘記這齣戲劇。

究竟小松鼠要多有勇氣，才能放開心愛的五色鳥呢？

辜詠夏陷入沉睡，他的重量全壓到江成允身上，但他沒有推拒……江成允攤開手，壓在辜詠夏的掌心上，感受他指節上的粗糙，他的指腹滑過辜詠夏背上的每道傷疤。

最後他擁著他，唇間呼出一絲近乎無奈的嘆息。

江成允知道，特技替身，絕對不是辜詠夏演藝生涯的終站。

他撿起落在地上、揉皺的名片，傳了條訊息到上頭的郵件地址……

◎　◎　◎

匡啷匡啷——

硬幣滾落投幣孔的清脆響聲迴盪在製作公司的休息室之間。

電影補拍的部分已經結束，兩人今日正在盯最後的剪接作業。連續盯著螢幕好幾個小時，江成允及辜詠夏兩人眼睛酸澀，神態也略顯疲累。

「沒想到剪接這麼耗時間，好累。」

雖說辜詠夏口頭上喊累，但語氣裡卻不帶絲毫疲態，反而還有點興奮感。

「剪片可以看到整個故事在鏡頭前呈現的全貌，適時地跳脫演員身分，以觀眾的視角客觀地看自己的作品。畢竟我們認為演得很完美的地方，或許對觀眾來說很難理解也不一定，參與剪接也是檢討自己演技和與觀眾的溝通方法之一。如果將來你有機會，也可以自己盯剪片，那會是很好的學習。」

江成允說著，為自己按了奶茶鍵。接著一個紙杯掉下來，機器開始往杯中滴出紅茶與鮮奶。

「你要什麼？拿鐵可以嗎？」江成允淡淡地看了辜詠夏一眼，又投下幾枚硬幣。

聽到江成允說的話，辜詠夏頓了頓，豁然知道江成允堅持今日剪片時他也要在場的原因。

他是在教他。

身為一個演員，不只在演戲的當下，就連在片場之外那些沒有人看見的地方，也要保有對演出作品的意識，這就是演員。

只是從他不疾不徐，平靜過頭的音調來聽，辜詠夏知道，他們之間仍存在著昨晚的尷尬，那道無形的隔閡沒有因為後來停電的意外而消失。

「可以。」

辜詠夏點頭，對江成允的傾囊相授暖心之餘，聲音也沉了下來。

這時，牛仔褲的口袋傳來震動，辜詠夏將手機掏出，低頭看了看，是一長串沒看過的號碼。

他狐疑地接起。

「喂？」

『嗨！辜先生。』

對方的語調很輕鬆，背景有點雜音，分辨不出對方身處何地，不過辜詠夏沒忘記這道嗓音。

辜詠夏的情緒瞬間緊繃，兩眼緊盯著江成允，發現他還在等咖啡。辜詠夏趕緊點起一支菸，藉故走到隔壁的吸菸室。

「Ron 先生？」

『真是榮幸，看來你沒忘記我。』

雖然字面上有些輕挑，不過聽得出來電話裡的男人是真心因為辜詠夏還記得自己感到榮幸。

辜詠夏將手機移離耳旁，拿到眼前，吃驚地瞪著手機，彷彿 Ron 本人親自站在他面前。

「你……」

『辜先生，我想我們可以省去客套，直接切入正題。』Ron 停了一下，像是在給辜詠夏一個緩衝的時間。『下星期二在佛羅里達有一場特技演員的招聘，我會優先推薦你。你只要人去就好，之後的事我會幫你安排，我真的很想簽下你，這是我對你展現的誠意。』

「佛羅里達？是……美國嗎？」

辜詠夏還未從 Ron 主動來電的錯愕裡回神，馬上又聽到如炸彈般的消息，讓他一時間難以消化資訊。

『是的。』

「這、我……」

『你當然可以考慮。不過提醒你，離下星期二只剩五天。』

「……」

自動販賣機發出飲品調製完成的電子聲，眼看江成允即將端著紙杯走來，辜詠夏拿著手機的手不自覺顫抖起來，一個字也回答不了，只能沉默以對。

『進入世界的門票已經在你眼前，你只需做出你心裡最誠實的決定就好。就這樣，我等候你的佳音。』

Ron彷彿感受到了對方的窘迫，說完這句話便逕自掛斷電話。

簡單回覆一句「謝謝」後，宰詠夏迅速把手機收起來。

接到Ron的電話實在令他吃驚，他的嘴裡因緊張而越發乾燥，接過江成允送到面前的飲料直接就喝了……情緒糾結到連拿鐵變成了黑咖啡都沒有察覺。

「沒想到電影就快上映了。」

宰詠夏隨口扯了個話題，企圖轉移注意力。

「是啊……不再是學生後，時間過得特別快呢。」江成允看了一眼擱在菸灰缸上，連一口都沒抽過的菸，他走到一旁，推開落地窗讓清風透進來，接著話鋒一轉，「我看你也差不多要準備搬家了。」

「……搬家？」

「對啊，等電影上映後你就不需要假裝跟我交往了，回歸各自的生活，那個死人妖也該搬回來了吧。」

啪嚓一聲。

宰詠夏手裡的杯子砸在地上，黑咖啡的苦味在空氣中蔓延，蓋過了吸菸室裡厚重的菸草味。

咖啡緩緩流過江成允腳邊，他卻連看都不看一眼，只是喝著自己的茶。

事情來得太快太突然，聽著江成允雲淡風輕的口吻，辜詠夏不可置信地看著他。

「幹嘛？」

「假裝交往是什麼意思……」

辜詠夏有些講不出話，先是Ron的來電，再來是江成允的逐客令，讓他思緒打結。

「就是字面的意思。」

「或許公司一開始是要求做表面，但我從沒有假裝。我喜歡你，我是真心地與你成為戀人。」

「戀人？」江成允一臉不解，「你怎麼會有這樣的錯覺？不過就上過幾次床而已。」

「如果是因為昨天Ron的事我道歉。我不該猶豫的，我會留在你身邊。」辜詠夏發出誓言般的話。

「我不懂你要道歉什麼？要如何決定未來那是你的事，反而是我該跟你道歉才對，昨天事我失態了，對你大呼小叫，是我沒有整理好情緒。」

「所以你現在到底想說什麼？」

「……你知道業界裡現在很多人都在傳，你跟我交往只是互相消費嗎？」江成允喃喃說道。

「傳言就讓他們去傳吧，我不在乎。」

「但是我在乎！」江成允語氣尖銳，「你難道不知道演藝圈人言可畏？形象是作為一個藝人一生都要維護的東西。我跟你真心交往又怎麼樣？誰可以保證我們能走多久？與其在電影上檔後分手，被傳成為了宣傳電影互相消費，那不如現在就公開分手，乾淨俐落，以免以後被人說話。」

「事到如今，你在意的居然是面子？」辜詠夏用沙啞的嗓音問。

「這不是面子，這是原則。」

「呵，原則？」

辜詠夏哼笑，喃喃重複江成允刺人的話。他的臉龐血色盡退，總是淡然的黑瞳因激動跳動。

「你沒有正式出道，沒有長期在這世界裡打滾過，不懂流言蜚語發酵的利害性，不知道這些言語在以後會怎麼在背後捅你一把。」

「所以你的意思是……要分手……？」

看到江成允太過冷漠的表情，辜詠夏瞇起眼來。眼前的人，與昨晚跟自己相偎相依的樣子大相逕庭，使他突然有種被丟下的無助。

「我——」

不等江成允說下去，辜詠夏用力抱住他，把頭埋到江成允柔軟溫暖的肩窩。

他曾無數次在這細滑的肌膚上印下自己的痕跡。

「我不會分手。」辜詠夏深吐一口氣，宣示決心，「你為什麼覺得我們一定會分手？」

江成允沒有說話，取而代之的是愈來愈狂亂的心跳。

「拜託你，不要不說話！」

辜詠夏的手愈圈愈緊，幾乎到強勒住的程度。

「咳咳！你放手，痛！」江成允重重地垂了辜詠夏的背，掙脫令人窒息、沉淪的懷抱。

「我、不、分、手。」

辜詠夏沒因為江成允喊痛而鬆手，他總感覺要是現在鬆手了，他們就真的完了。

兩人沉默了好一會兒……

「……你會答應Ron吧……去美國。」

江成允索性說白了，雖然他說的是問句，語氣卻很肯定。

「你又不是我，怎麼知道我想不想去？」

辜詠夏搬出江成允之前的台詞，但他心底不否認自己確實很心動。

『進入世界的門票已經在你眼前，你只要做出你心裡最誠實的決定就好。』

Ron的話在耳邊迴盪，讓辜詠夏心裡煩亂。

他也想要陪在江成允身邊，真的。

麵包與愛情，自古就不是能放在天秤上共同衡量的東西。如果能輕易捨棄某一方，那世界上許多事情，是不是就會變得簡單一點？

偏偏作繭自縛似乎是人類的通病，大家都喜歡把自己困在一個沒有標準答案的框框裡。不過人們之所以無法放手，不就是因為得到他人認同這件事真的好難好難。

無論是愛情還是麵包，我們都希望有人能接受自己，因此放不開手。

「你敢說你不想去嗎？」

江成允脫口，可剛問他就後悔了。

無論辜詠夏的回答是去與不去，都不是他想聽見的答案。

「我……會留在你身邊。」辜詠夏用顫抖的聲音說著。

「別跟我說因為你是我的專屬替身這種鬼話。」江成允別過頭，一股難以計量的失落掐在他的喉間。

辜詠夏終究沒有否認自己想去的事實。

「不是替身，是戀人。」但辜詠夏堅定地說。

江成允心中一緊，好甜蜜的回答，同時也是最苦澀的回答。

「……可是我們不會是戀人。」江成允無情地繼續否定。

「我們是！！」

辜詠夏的一吼讓江成允背脊發麻。

「就算我有機會出國發展那有怎麼樣？這並不會阻礙什麼，我希望……」

「先生！」江成允打斷辜詠夏，「你會不會想得太美好。沒聽過魚與熊掌不能兼得嗎？我出道這麼多年，除了跟你，我哪裡傳過緋聞了？想擁有影迷的支持除了演技之外，潔身自愛也是很重要的，我能走到今天也是犧牲很多才換來的。」

他們雙眼相望。

「你不過才剛起步而已，片酬才幾位數？憑什麼什麼都要？現在的你給得了我什麼？現在的你有什麼資格跟我要愛情？」

江成允知道自己說出了最傷人的話語，但他沒有權力阻礙他的未來。

「我不會一輩子都演動作戲，你要怎麼發展我根本不在乎，你想去就去，無須取得我的任何同意。」江成允凝視著錯愕的辜詠夏繼續說，「老實說，很沉重。我擔不起你未來的人生。你不要把你人生的一切決定都壓在我身上，這只會讓我覺得很沉重。我告訴你，你現在就回去，把東西給我搬一搬，然後鑰匙還給楚安安。」

「所以……我沒有選擇，是嗎？」辜詠夏垂下肩，語氣裡滿是哀傷。

而江成允轉過身，用沉默代替回答。

不知過了多久，辜詠夏只默默留下一句「我知道了」然後離開。

從落地窗外刮進來的風，逐漸帶走辜詠夏的氣息。

只剩江成允一人坐在瀰漫著咖啡味的吸菸室裡，發呆。

「小成哥……我……」

這時，京雅語帶嗚噎地冒了出來。

他原本只是來剪接室送點心的，不料卻撞見這樣的場面。

「沒事，我不要緊……」江成允看了京雅一眼，淡淡地笑了笑。

「其實……其實你們也不用一定要分手，我、我只是……而且詠夏哥不會在乎閒話的……」

京雅說著說著幾乎快哭了，今天早上從辜詠夏那裡得知江成允聽見昨晚的事後，他一直很擔心，沒想到真的會變成這樣。

「小京，我知道。」江成允展開無比溫柔的笑容，拍拍他的頭，「我知道，他不是會在乎這種事的人，只是我們身處的世界沒有這麼簡單。」

江成允看著京雅，輕聲嘆息。

二十三歲的辜詠夏不理解，十九歲的京雅更不可能懂。

「……或許我們生活的國家對同性戀非常包容，但你要知道，別的國家並不是那麼一回事。在世界上很多地方，同性戀這個詞還是帶有貶意的。」

「可是、可是……」

「我們都不能保證他出去會遇到什麼人、什麼事，他不能還沒跑就摔在起跑點。既然有機會出去發展，那還是乾乾淨淨地出去對他最好。帶著另一半是男人，或是另一半在亞洲是有頭有臉的人的印象，都會讓他遭人厭怨或遭人妒……這些對他都是沒有幫助的。」

江成允又笑了，自嘲地笑了。

原來無論是他這個人，還是他肩上這份人人稱羨的殊榮，對辜詠夏而言，皆只是絆腳石而已。

「小成哥……那也不必說得這麼狠啊……」

說成這樣，不是傷心透了嗎？

「呵呵，這就表示我太過專業了對吧？在這麼糟糕的情況下，我還是能演一齣好戲。」

京雅一聽，頓時爆哭，哭得泣不成聲，彷彿是要把江成允無法流出的淚水一起哭完似的。

「別跟他多說。知道嗎？」

聽著江成允的叮嚀，京雅已說不出話來，只能邊哭邊點頭。

「回去幫他整理行李吧，雖然沒什麼東西就是了。」

江成允拍拍京雅的背，起身回到剪片室裡。

各自沉浸在失落情緒中的兩人都沒發現，有個人影正鬼祟地徘徊在吸菸區的窗外。

◎　◎　◎

經過數小時的奮戰，江成允在深夜終於走出剪片室。

他婉拒楚安安接送的提議，獨自回到家中。

玄關的鞋櫃裡少了幾雙鞋，鞋與鞋之間的空格令人礙眼。屋內沒什麼變，除了一樓的房間淨空了、浴室的盥洗用品變成一人份的之外，其它沒什麼差別。

江成允把鑰匙丟在沙發上，沿著樓梯口，撕下他貼在地上的真珠美人魚紙膠帶。

紙膠帶在木地板上殘留下一道明顯的膠痕。

江成允將揉成一坨的紙膠帶丟進垃圾桶中，拿出除膠劑和紙巾，跪在地上開始擦拭滲進地板縫裡的黏膠。融化的黏膠非常頑強，他努力奮戰了十幾分鐘才清了一小段。

放下除膠劑，江成允環顧一下四周。

辜詠夏撤離得很徹底，沒有遺漏任何一個物品，連垃圾都沒有。

彷彿他從來不曾造訪過這裡，也未曾駐留過，就像從來就只有江成允獨居在這裡一樣。

他失去了蹤影，宛如那個雨天午後。

唯一能證明他曾經存在的，只有這條劃分界線的紙膠帶了。

結果，到頭來，這條分界用的膠帶根本就沒發揮它分界的作用……

江成允望著昨晚兩人相擁的沙發，沙發邊上還疊著辜詠夏幫他蓋上的被子。

被子摺得四四方方，像塊豆干靜靜地擱在沙發上的角落……

……那是辜詠夏曾經存在的證明。

發現辜詠夏生活過的痕跡，江成允茫然了很久，恍然間，他發現家裡很大，也安靜得可怕。

下一秒，他猶如發狂似的把電視、冷氣、音響、電腦，家中所有能發出聲音的東西全都打開。

在聲音層層的覆蓋下，江成允終於嘶力喊了出來。他縮在地上，低頭用顫抖的雙手摀著嘴，無法再看這空蕩的房子一眼。

不願再看，也不敢再看。

啪嗒……啪嗒……

一滴滴的水珠打落在散發消毒水味的拋光地板上。

「……不要……」

江成允的聲音中止不住顫抖，心痛得難以自持，覺得自己就快垮了。辜詠夏離開後，他還得撐起笑臉安慰京雅，打起精神繼續工作……江成允真的繃到極限了。

幸詠夏撤離得很徹底，帶走了任何屬於他的東西。

包括，江成允的心。

最終……他的心還是給他了。

他無法說自己不愛他，於是用一層又一層無謂的理由把自己包裹起來，將他阻擋在外。

江成允眼前霧茫、聲音哽咽，他不知道胸口為何會絞痛得如此厲害，傷心的感覺又是從何而來。

咽喉腫脹不已，卡在眼眶的淚水跟著嗚咽聲湧出，微鹹的液體讓視線糊成一片。

江成允抱著沙發上的棉被痛哭，他聽不見電視的雜聲，聽不見空調運轉的聲音，聽不見時鐘的滴答聲，他只聽見失控的眼淚從眼眶不斷溢出，滑過指縫，絲絲滲入紡麻被單裡的聲音。

原來他一直希望自己能獨占那個人……

希望那個人也能獨占自己。

只是他做不到。

眼前的場景彷彿倒帶，昨晚他們在黑暗中伴著手機的光點，說著松鼠與五色鳥的故事。

松鼠正因為愛著五色鳥，才選擇放手，希望牠能自在地翱翔於藍天，即便牠再也不會回巢。

想要看見自己心愛的鳥兒抖擻展翅，就必須有勇氣打開籠子。

也許是哭累了，江成允趴在沙發上睡著了。不知過了多久，掉在地上的手機傳來楚安安的來電提示鈴聲，和一連串的訊息響鈴。

江成允被驚醒，工作意識高的他此時再怎麼不願被打擾，也只能硬接起電話。

「喂？」

『小成！』

「怎麼了？他把鑰匙還你了？看你什麼時候……」

『誰把鑰匙還給我都不是重點！小成，你看新聞了嗎？』楚安安的口吻異常焦躁。

「啥？」

『你還不知道？快看新聞！』

電話另一頭的聲音非常急迫，江成允從未聽過楚安安如此慌亂無寸的聲音，他一秒清醒，抓起遙控器，迅速將電視從電影台轉到新聞台。

「怎麼會這樣？」

看著電視畫面閃過，江成允的臉色越來越難看，不敢置信地大喊。

『我才想問你呢？怎麼會這樣？』楚安安在電話裡急切地反問。

江成允盯著電視，不由得倒抽一口氣。

正所謂一波未平一波又起，或許就是此刻的寫照吧……

◎　◎　◎

『什麼啊？原來辜詠夏的菜是這種胸大無腦的女人嗎？』

『我不相信！我不相信！我不相信！我不相信！我不相信！我不相信！』

『誰來告訴我這不是真的？這一切都是為了炒新聞？』

『他們到底有沒有搞基……』

『謊言，他喜歡女的？？』

『宣傳啦、宣傳，一定是電影宣傳沒錯。』

『居然利用我家小成炒作，太過分了！』

『演藝圈是有什麼好相信的？（不懂）』

『（ˋ_>ˊ）？我是不是錯過什麼？』

『拜託是誤報，出櫃這種事開玩笑就太誇張了。』

『那種蛇精臉到底有什麼好～～～～辜詠夏在演哪一齣～～～～～』

『居然欺騙成成的感情！過分！』

『到底是真的還是假的？快出來澄清！』

沒想到讓人可畏的流言蜚語這麼快就應驗了。

「這是怎麼回事?你們真的講了假裝交往的話?」楚安安簡直要爆炸了。

「講是講了,但原話不是這個樣子。」

「廢話,鬼都聽得出來這是剪接過的,重點是大眾聽不出來,媒體隨便報,大家隨便信。而且這照片怎麼回事?」楚安安才問完,電話就響了,他無奈地接起電話往陽台走。

江成允盯著手機臉色凝重。

原因出自於幾小時前,網路上突然刊載好幾張標題為「影帝同性愛人摟小模上旅館」的事件照片。除了照片,連江成允與辜詠夏在吸菸室裡的對話錄音也一併流出。

不過錄音遭人惡意剪接,對話中完全沒有江成允的聲音,還加了一道陌生女子的語音,拼接成辜詠夏對女孩坦承與江成允是假戀情,要女孩原諒自己的錄音。

這段語音加上偷拍照,雪球效應瘋狂加乘,網路上浪聲一片不斷刷屏,全是在討論江成允與辜詠夏的假戀情事件。

自從新聞播出辜詠夏與女子的對話後,已經兩個小時了。事發到現在,不見當事人第一時間出來澄清的粉絲們也開始從支持是媒體誤報的聲浪,轉成質疑的態度。

許多跟風快的電視台甚至撤換原先節目,特別請名嘴開專題,討論江成允與辜詠夏兩人的情慾糾葛。不僅是辜詠夏以往的替身作品被翻出來討論,江成允與辜詠夏兩人的顏值與演技更被拿來做無謂的比較。

許多演藝名嘴無的放矢,流言蜚語暗指辜詠夏沒實力,是蹭江成允的熱度。網路上更有人汙化辜詠夏，明指他是為了電影，為了攀關係才與江成允交往的言論，江成允的粉絲更是槍口對準他，集中火力開炮。

辜詠夏一夕之間徹底黑名。

「聯絡到他了？」

江成允把電視調至靜音，開口問坐在沙發上忐忑不安的京雅。

房內寂靜無聲，只聽見人的呼吸。

「沒有……他好像關機了，要不然就是沒電……」

京雅蒼白的臉面向地板，誠實說出聯絡不上辜詠夏的事實。就在下午辜詠夏撤出江成允家後手機就一直處於關機狀態，連人也不知道去哪裡了。他只拜託京雅把行李搬回原先的租屋處，就騎著重機出門了，現在還處於失聯的狀態。

詠夏哥還不知道發生什麼事吧？要是知道，他不會這樣不聞不問的。京雅心想。

「是嗎？留訊息給他吧……」

「好……」

江成允聲音平靜，卻蘊含著落寞。他垂下因大哭而有些浮腫的雙眼，淡淡的表情看不出情緒的波瀾。雖然他知道這整件事是有人故意炒作，但是上旅館的偷拍照每張都刺著他的心。糾結的胸口隱隱作痛，甚至更加劇烈。

照片中，親暱摟著長髮女子的男人身型像極了辜詠夏，連搭衣、穿著都一模一樣。即便有些模糊，但連與辜詠夏生活多年的京雅都難以斷定不是本人。

江成允起先並不相信這些可能是借位偷拍的照片，只不過被拍到的時間點也太剛好了，就正巧在他拒絕辜詠夏之後，而且新聞報這麼大，辜詠夏卻到現在都沒聯絡……

無風不起浪，就像被剪接的錄音一樣，倘若沒說過那些話，又何來的素材能剪接？如果辜詠夏沒有與女孩見面，又怎麼能被拍到？

要說他是被拒絕後找人宣洩，也不是沒有道理……疑心與醋意啃食著江成允的理智，他覺得自己就快瘋了。猜疑就像可怕的暴雨一樣，不斷沖刷名為信任的土石，一旦崩落一角，就會形成足以毀壞辛苦建立的一切的土石流。

江成允正和這場暴雨對抗……但是他有什麼權利猜測或妒忌？在他把辜詠夏往外推的時候，就該知道這是必然的結果。

沒有誰該為誰停留一輩子……

是的。沒有誰該為誰停留一輩子，只是……來得太快了。江成允在心中嘆氣。

「好的，謝謝你。下次請你吃飯。」楚安安對電話頻頻道謝又點頭，結束通話，臉色凝重地說，「小成，打聽到了，是熟識的記者朋友給的消息。他說是一個與小夏有過節特技演員找狗仔剪接錄音的，那位特技演員沒有透漏姓名，但……」

與辜詠夏有過節的特技演員？

楚安安沒再說下去，不過在場的三人心知肚明，那所謂未透漏姓名的特技演員就是小鄭，錯不了。

「小鄭哥？他怎麼會在製作公司？」京雅睜大眼，困惑地問。

「他為什麼會在那裡不重要，重要的是這個卑鄙小人，拍片時刻意傷害我們的事沒對他提告就很不錯了，現在居然反咬我們，不但偷聽還偷錄，下次被老子遇到，一定處他滿清十大酷刑！」

此刻楚安安的雙眼像是一對冒火的爐子，咬牙憤恨地說。

忽然，某個念頭一閃，江成允決然抬頭：

「哥！有辦法弄到偷拍的其他照片嗎？」

「應該可以，不過你要做什麼？」

「我必須確認一件事。」江成允說。

不虧是楚安安，人脈廣泛。幾分鐘後，陸續有多張取角失敗，未公開的偷拍照傳到楚安安的手機裡，甚至連沒剪接的錄音原檔都有。

「啊！這不是小鄭哥嗎？」京雅仔細盯著照片，指著照片中的男人誇張大叫。

「啊！這不是死丫頭嗎？」楚安安一同喊出聲。

其他角度的偷拍照裡，明顯映出小鄭與乾妹妹的五官。

「嗯哼，難怪了，難怪可以這麼像，小鄭與辜詠夏兩人在武家班裡好多年，就算不熟也能模仿個表面。而且，我看拍戲時武家班的大哥們衣服都借來借去的，小鄭會有一兩件辜詠夏的衣服很正常。至於這乾妹妹……哼，不予置評。」楚安安嗤笑，連評價都懶得講。

「太過分了！他們兩個……為什麼要做這種事？」京雅握著拳頭，愣在手機前，不敢相信以往稱兄道弟的小鄭哥，居然跟乾妹妹聯手炒作來汙衊詠夏哥。

「沒有為什麼，有些人就是想紅想瘋了。管你什麼友誼、恩情，利益面前全是狗屁。演藝圈裡見怪不怪。」楚安安又看了手機裡的照片，不屑地說，「哼，這兩個人好歹發揮出演員的功力，沒想到演這種『類戲劇』特別拿手。」

楚安安刻意挖苦，毫不隱藏滿滿的諷刺。

江成允聽著，輕輕泛起一抹微笑。確定照片中的人不是辜詠夏後，心中的愁雲一掃而空。

「算了。一樣米養百種人，事事難料，人心難測，這沒什麼。」

在演藝圈打滾二十年，什麼骯髒事沒看過，他早已習以為常。

你有良心，別人未必有。

「什麼算了？你打算怎麼辦？」

「公司怎麼說？」

「當然希望召開記者會澄清，畢竟這件事牽扯到你，但是如果你想保持緘默，那公司說尊重你的決議，只是……」

「只是這樣就等於我默認了假戀情，承認欺騙大眾對吧？」

楚安安點頭，「換句話說，會變成這樣解讀也沒錯。不過還好，只有錄音而已，沒有影像，挑出幾段解釋說這錄音是有心人刻意剪接、惡意栽贓帶過就好，重要的是，要如何解決現在的流言蜚語才是當務之急。」

對演藝人員來說，閒言碎語的殺傷力最強大，江成允所謂的人言可畏就是這個道理。網路背後的鍵盤正義，促使流言蜚語的雪球效應之大，對演藝圈來說更是如此。媒體為求收視不顧真相，憑空杜撰與事實不符的新聞多不勝數。

只是現在不只辜詠夏，再拖下去，恐怕連江成允也會跟著汙化。

在演藝圈裡，心志不夠堅定，遭流言擊垮，進而選擇輕生的人也不在少數。雖然，江成允不認為辜詠夏是會在意人言的人，不過……誰知道呢？只要是人，都絕對有意外的一面，再如何堅韌剛強的人也總有隱晦脆弱的時候，就像辜詠夏怕黑一樣。

「也是。這樣的風波已經不是可以交給時間就能解決的了。」

江成允說著，順道瞄了一眼手機正好傳來的訊息。

是 Ron。

『謝謝你的幫助，他答應了。』

江成允注視著手機上顯示的字句，滾了滾喉嚨，過一會兒，他抬頭看向楚安安，「哥，一個小時後，你幫我匿名發布一個消息。」

「你的意思是……」

楚安安原先還不知道江成允在打什麼算盤，但下一秒立刻意會到他的企圖，臉色難看地大吼：

「不可以！我不允許！」

「哥，現在沒有別的辦法了！」

「不行，阿姨離開時叫我要照顧你，這不可能！」

「哥，拜託你。」

「不行！你的存在連他的兩個老婆都不知道，你……」

「所以才會有爆點不是嗎？」

京雅聽著眼前兩人爭執的內容，從一頭霧水漸漸轉成吃驚不已的表情。

「總之……不可能！」楚安安硬生生別過頭，仍舊不肯妥協。

「哥！」

江成允激動地拉著楚安安的衣角，淡棕色的眼珠蒙上一層薄霧。

「唉……你真的是阿姨的兒子。不只臉，連蠢笨傻的地方都一樣……」

兩人僵持一會兒之後，楚安安嘆了一口氣，再次舉白旗投降。

沒辦法，誰叫弟弟真是世界上最要不得的生物。

第十章

腳踝被涼涼的海水浸濕了一點。辜詠夏緩緩睜開眼，發現自己躺在柔軟的白沙上。

把行李全數交給京雅處理後，他獨自一人騎著重機，悠晃在綿長的海岸線公路。

不知不覺間，辜詠夏來到了他與江成允曾經一同拍戲的海邊。

夏天夜晚的海沙還帶著一點白晝留下的微暖，有那麼一瞬間，辜詠夏以為自己還躺在江成允家的沙發上。

沙發另一側的溫度仍在，而江成允蜷在他身旁，睡得很沉。他寵溺地替江成允換下單薄的毛毯，蓋上厚實的被子。

他靜靜地坐在他身旁，聽著他細如抽絲的呼吸聲，觀察他長如流蘇的睫毛。

有很多年，他不曾在黑暗的環境下沉睡了。

辜詠夏起身，順手抓了一把身旁的暖沙。

攤開手，細軟的白沙在指縫間流逝，剩下的被黏膩的海風吹散，轉瞬消失。就像那個人的體溫一樣，最終沒有在自己的掌心上停留。

他曾經以為自己得到他了，他也曾幻想他們會這樣一直過下去，沒想到一切只是入戲太深。是自己天真了。

江成允的身體接受了他，不代表現實也無私地接納他。

一句「片酬幾位數」的質問徹底壓垮辜詠夏，也顛轉了他對自己的認知。

今天以前的辜詠夏，從不認為自己是在乎金錢的人。然而，今日他必須和金錢畫上等號時才赫然發現，在演藝圈的世界裡，自己竟然毫無價值可言。

演藝的世界很現實，而這就是他的現實。在一般人眼裡，也許這是件小事，但卻對辜詠夏的自尊造成莫大的傷害。

辜詠夏打開關機多時的手機，不一會兒手機便瘋狂地震動，螢幕顯示京雅的來電已經直逼百通。

辜詠夏略過那些來電通知，直接點下一串冗長的號碼。

對方在鈴響三聲內接起。

『Hello！』

「……您好，Ron 先生。敝姓辜。」辜詠夏沉默幾秒，公式化地開口問候。

『直接叫我 Ron 就可以了。』

Ron 說完沒再接話，似乎在給辜詠夏準備的空間。

「下星期二的邀約還算數嗎？」

沒有客套，辜詠夏直接破題。

『哈哈，我喜歡你的直接。我以為你真的拒絕我了呢，從以前就只有我拒絕別人的分。』

辜詠夏不知道 Ron 現在身在何地，不知道他們之間隔了多少個時區，不過 Ron 的聲音隨時聽上去都非常精神抖擻。

「我想參加，現在回覆不算晚吧？」

「請說。」

『當然，我承諾替你保留位子，不過我也有變更的權利。』

『我要加碼，簽你六年約。』

六年？辜詠夏暗忖。

「……您的意思是……如果我去了，就等於我答應簽給你六年是嗎？」

『若沒意外的話，是的。畢竟要養成一位成功的演員，必須付出對等的時間。六年不算長，不過……』Ron 停了停，『我不保證你會是個成功的演員，但你絕對會成為獨一無二的出色演員。』

對話的途中，手機發出電量過低的響音，讓辜詠夏稍稍分神。

「六年是嗎……」

『是的，不過要是你沒有來，那我就當作你正式拒絕我，而我也不會再邀請你，不管是任何機會或演出。』

雖然沒有當面見到 Ron，但透過電話，辜詠夏一瞬間仍感覺到對方果毅、不容推翻的氣勢。

「……可以，我答應你。」

辜詠夏猶豫片刻之後，吐出這句話。

『Great！衷心期待與您見面。』

跟上次一樣，Ron沒給辜詠夏回覆的時間，直接單方面結束通話。

掛上電話，辜詠夏想都沒想，擲手一扔，大力將手機投向深夜中如黑淵一樣的大海。這彷彿是種儀式，向世人宣告他選擇拋下過去的一種儀式。

眼見手機的光點消失在海平面的浪花之中，連一點漣漪都沒激起。他戴上安全帽，跨上重機用最快的速度，把自己帶離這片他與江成允曾經一起拍戲的海邊。

想必這片海水延伸的某一處，應該與異國碼頭的那片海互連接著吧！那洋溢異國情懷的海洋與夕陽，見證過他與江成允溫暖、緊密的一吻。

那片海的景色是他心底最美的回憶。假使有一天，江成允忘了有這麼一段往事，那也無所謂。

他會代替他記得。

辜詠夏想著，心臟便劇烈地跳動起來，他不自覺地滾了幾下喉嚨，現在的他分不清楚哪些是江成允的演技，而他的真心又有幾分。

就算有一天，那個人從此不再屬於自己，那也沒關係。至少在下次見面的時候，他要有與他相互對等的能力。

即便這些日子所有的愛戀都是辜詠夏的錯覺，即便他們之間不存在真情……辜詠夏還是渴望終有一日，他能用他自己的方式，與江成允並肩而行。

省道旁陽春的小吃攤播放著曲終人散這首經典名曲，朗朗上口的旋律卻有意涵悲傷的詞句。流動的鋒利空氣從辜詠夏兩側劃過，氣流模糊了令人扎心的曲調。現在，辜詠夏什麼都不願思考，只想在這疾速的世界裡任性放縱。

重機的前輪才剛停進租屋公寓前的空地，京雅不悅的聲音立刻從門縫傳來。

「詠夏哥你到底去哪裡了？我找你找翻天了！！還關機！」

「手機掉了。」

辜詠夏摘下安全帽，撥了撥頭髮，敷衍地回了句。

「咦？怎麼會掉了？」京雅錯愕一陣，「啊沒關係，再辦就好了，比起手機啊，我跟你說，你不在的——」

京雅急著告訴辜詠夏在他消失的期間，發生了天翻地覆的消息。

「我知道，我在便利商店的電視上看到了。」他知道假戀情曝光了，他還被冠上子虛烏有的上旅館事件，現在外界罵聲一片。

「你知道了？那我們要趕快發聲明，說那不是你。」

「不需要。」

「咦？為什麼？」

「清者自清。」

辜詠夏狀似不在乎，又像是賭氣。

「咦？是這樣嗎？但是……」京雅呆頭呆腦地愣了一下，怎麼詠夏哥說得好像也沒錯，「唉，比起那個，我跟你說——」

「小京。」

「什、什麼事？」

即便京雅很想再說下去，但辜詠夏的氣息難得嚴肅，讓他一秒安靜下來。

「幫我訂機票好嗎？我明天要出國。」

草草說完，辜詠夏轉身開始打理物品。想來真是諷刺，從江成允家打包好的行李也不需要拆，直接帶走就可以了，他只需要帶一些額外的應急用品即可，至於美金，明天到機場再換吧！

「出國？你要去散心是嗎？」京雅歪著頭問。

「不是，我要出國工作。」

他必須盡快出發，強迫自己專注於眼前的事，不能再有任何拖延，不然他一定會過於留戀而前進不了。

「工作？」京雅半信半疑打開電腦，連上航空網站，繼續問，「這麼快就有工作？去哪裡？多久？我需要跟嗎？」

「不用，我會自己去。」辜詠夏淡淡回應。

「詠夏哥，你究竟要去哪裡？」

「佛羅里達。」

「喔……啥？佛羅里達？」京雅後知後覺地驚喊。

「小京，我答應 Ron．Lee 的邀約了。」

辜詠夏終於停下手邊的事，轉過身，凝重地說出自己的決定。

◎　◎　◎

一位匿名者的爆料，讓本就不平靜的演藝圈再掀波瀾。

『當今最年輕影帝江成允，居然是上世代已故影帝——姜銃盛出道前的私生子！』

電視無論怎麼轉，幾乎都像被這則新聞包下來似的，江成允小時候與姜銃盛父子親密的舊照片狂刷新聞版面。不顧清晨時分，江成允在消息洩漏的第一時間便召開浩大的記者會。

機場中，出境大廳裡的群眾人人手機關注的也都是這場ＬＩＶＥ記者會的直播。

『謝謝各位今日前來。』

聽著京雅手機裡江成允的聲音以平常略顯低沉，讓辜詠夏覺得十分陌生。

記者會現場，面對著眼前滿滿的麥克風，江成允非常平靜，完全沒有出櫃時的驚慌失措感。

小小的螢幕上秀出江成允心如止水的樣子，就跟那天他要求自己離開他生活的表情如出一轍。

辜詠夏轉過頭，沒有再看直播一眼，不過耳朵卻沒放過記者會的一字一句。

『請問您一直都知道姜銃盛先生就是您的親生父親嗎？』一位男記者率先搶到發言權。

江成允點頭：『是的，我從小就知道。』

『你從來就沒想過要和他相認嗎？』又一個記者問。

只見螢幕裡的江成允接到疑問後靜默片刻，接著反問記者，『我想請問記者大哥，您記得姜銃盛先生是幾歲出道的嗎？』

『這……』

記者答不出來，一時語塞。

辜詠夏也在心中暗想，他印象中看過網路資料，不過他還真的不記得。

『那你知道姜銃盛先生是個左撇子嗎？』江成允繼續發問。

記者仍搖頭。

『那你記得他演了什麼角色嗎？』

『MAFIA裡的嗎啡。這個角色是他演藝事業的巔峰。』記者思考一陣子，坦誠回答。

辜詠夏在心裡點頭，記憶裡在二輪電影院輪播的片中，MAFIA這部片他印象最深刻。

『對。那也是他拿下影帝的代表作。』江成允笑著回答。

『我記得那時，他因為嗎啡回憶過世妻子的演技傳神，感動當時的評審，以深情的演技奪得影帝寶座。』

記者會現場的江成允聽到記者如此回覆，不禁心中一震。

深情的演技是嗎？雖然不會有人知道，但那部電影的最後，嗎啡在家鄉山谷憶亡妻的地點，正是媽媽娘家的山坡谷……

這或許是那個男人深愛媽媽的證明吧。

想到這裡，江成允深吸一口氣。

『世人很殘酷——他們會記得螢幕上的姜銃盛，同時也會忘記姜銃盛真實的一切。』江成允說到此，眼神默默放遠，像在凝視某種只有他才看得見的時空，『既然沒有人會記得他真實的一切是什麼，那我又有什麼必要和他相認？』

聽見江成允的回答，在場記者全都靜默下來。

祖父母家，從頭至尾都沒有承認江成允與母親的存在。就連他十六歲的夏天，接到父親訃文的時候，也沒有看見自己的名字。

那天他心情糟透了，還ＮＧ一百多次，被導演痛罵一頓後，還有隻蟬停在他身上嚇他一跳。最後是一個溫柔的男孩出現，抹去他因不安而生的任性、包容他所有的恐懼……

察覺思緒飄走，江成允清了一下喉嚨，重新聚焦在眼前的麥克風上，再度開口：

『我的母親與姜銃盛先生確實有過婚姻之諾。雖然最後終究沒有走在一起，不過這是我母親自己的決定，那時姜銃盛先生的演藝事業正在起步，當時我母親認為有妻小只會拖累姜先生，因此決定不婚。』

江成允從來就沒有想過，自己也有在媒體面前攤開這件事的一天。

這是他心中最隱晦的祕密。

過去他一直以為父親是為了名利拋家棄子……沒想到反倒是媽媽在因病臨終前跟他道歉。

『請你體諒我只是個愛得太深的女人。』

多情善感的媽媽，連最後的懺悔都如此言情。

母親為了維護心愛的男人，希望他能在熱愛演藝的世界裡翱翔，於是選擇放手，卻讓江成允從小失去父親陪伴。

沒有誰該為誰停留一輩子……但媽媽的一生卻永遠留給這個男人。

『很遺憾，姜銃盛先生與我母親都已經離世，無法再向各位解釋些什麼。雖然我沒有與姜先生相認，可我想，男人一輩子都在追隨父親的影子，但或許我追隨的是他的信念。我們都必須在演技的世界裡永生。最後還請各位記者朋友不要打擾姜銃盛先生其他的家人，感謝你們。』

江成允說完，起身向媒體深深一鞠躬之後離開會場。大批媒體仍舊不顧一切地追在江成允背後跑，甚至包圍保姆車。

直播的畫面在這裡轉為暗幕，顯示記者會結束。

坐在出境大廳裡的辜詠夏與京雅，雙雙陷入一小段時間的沉默。

『搭乘KIMI航空，第C602班機的旅客，辜詠夏先生、辜詠夏先生，請盡快至九十九號登機門報到。搭乘KIMI航空……』

此時，機場中清亮的廣播聲響起，催促尚未進海關的辜詠夏。不過京雅跟辜詠夏兩人屁股依舊黏在椅子上，目不轉睛地盯著已經結束的畫面。

原來江成允的父親，就是那位大名鼎鼎的影帝，難怪他如此執著演技。辜詠夏在腦中想著。了然於心的同時也深刻明白，現在的自己，完全配不上江成允。

「詠夏哥，你真的要去嗎？」一旁的京雅開口，神態看上去有些低落。

「你不是說這是個好機會，怎麼反倒你現在後悔了？」

聽見辜詠夏的揶揄，京雅搖搖頭，抿唇不語。

兩人又無聲了好幾秒。

「……那你還愛小成哥嗎？」京雅問。

「這……」

京雅天外飛來的疑問難倒了辜詠夏，哀傷的表情僅僅在他俊秀剛強的臉上閃過一秒，隨即又恢復成平常淡然的辜詠夏。

他還愛他嗎？答案是肯定的。

只是一份愛，失去願意接受愛的對象，那這份愛還成立嗎？

辜詠夏不知道。

他眼底閃過各種複雜情緒，過了一會兒，他從包包裡拿出一個紫色絨布包裹的小方盒，遞給京雅。

京雅一眼就認出了眼前的小盒子，那是辜詠夏之前拜託他買回來的東西。

「詠夏哥，這——」

「這個……我本來想帶走，不過算了，你幫我拿去退吧，退掉的錢你就先拿著。」辜詠夏咬了咬下唇，拋出這段話。

「這你不要了嗎？」

京雅小心翼翼地接過盒子，語重心長地問道。

雖然他知道這盒子裡的東西不便宜，當初詠夏哥執意非買到不可，想必是非常重要的東西。

「嗯，不需要了。」

辜詠夏點頭，回應裡蘊含著連他本人都未發覺的畏怯與苦澀。

不需要究竟是什麼意思呢？京雅原本想問，卻又覺得自己不該問。

「那……你有沒有什麼話？我幫你跟小成哥說。」

這次辜詠夏搖頭。

機場的廣播再次催促辜詠夏登機。

即便辜詠夏搖頭表示沒有任何話要轉告江成允，但他還是等到了最後一刻，聽廣播三催四催才拉著登機箱起身。

這或許顯示了他內心真實的不捨，只是他沒有察覺自己這份留戀。

他走到登機的X光檢驗站前，對京雅揮了揮手，要他快回去。

沒想到就在他轉身走過X光機後，外頭卻傳來京雅焦急失措的大喊聲。

「詠夏哥！！」

看著辜詠夏逐漸消隱在大排人龍裡的背影，京雅隔著護欄，再也忍不下去了！

「私生子是小成哥心裡的大祕密！這是他自己爆的料！詠夏哥，你去美國一定要加油，不要辜負他！」

對於京雅的喊聲，被前進隊伍往前推的辜詠夏聽得並不真切，無奈他已過了X光機，無法再折回去詢問京雅的那番話究竟是什麼意思。

京雅大聲嚷嚷的行為引起不少旅客側目，才剛吼完便被航警請離出境入口。

他眼睜睜地望著被人群掩沒的出境口，緊緊握著手中的小盒子喃喃自語：

「詠夏哥……真的能明白嗎？」

◎　◎　◎

在震耳欲聾的引擎聲中，飛機收起滑輪順利起飛。

經過一小段不穩定的氣流後，進入順航，機上的警示燈也正式解除繫緊安全帶的標誌，隨著空姐開始發餐，乘客也逐漸活絡起來。

辜詠夏嘴裡嚼著吃不出是雞肉還是豬肉的乾澀餐點，兩眼盯著沒什麼興趣的機上電影。十幾個小時之後，他將會踏上名為美國的土地。

他百無聊賴地挑選節目之際，一個熟悉的名字無預警地鑽進耳際。

「噯，你有看新聞嗎？」

「什麼新聞？」

「那個江成允是私生子的新聞啊！」

辜詠夏座位後方的兩個女孩在酒足飯飽之餘聊了起來。由於是跟江成允有關的話題，辜詠夏忍不住留心女孩們的對話。

「喔喔喔，妳說那個啊！有啊，我覺得好扯喔。」

「對啊！還有啊，因為私生子這個新聞被爆出來，辜詠夏跟那個小模的戀情後續完全沒有更新耶。我本來有在關注他們是不是真的的說。」

「對喔，這麼一說，他們兩個是不是真的搞 Gay 的後續報導都沒人報耶！」

「私生子的新聞比較大吧！畢竟是兩代影帝……新聞不是說，前影帝的兩任老婆都不知道江成允就是姜銃盛的兒子嗎？」

「不知道是一定的吧！畢竟江成允長得又不像姜銃盛，他應該是像媽媽……」

「不過這個辜詠夏也真是狗屎運。」

「咦？怎麼說？」

「不是有新聞說他為了出道不擇手段嗎？蹭江成允熱度什麼的。你看私生子的新聞一出來，根本沒人再提辜詠夏上旅館的事了。」

「對耶……真的耶。過沒幾天應該就不會有人記得這件事吧？」

『私生子是小成哥心裡的大祕密！這是他自己爆的料！詠夏哥，你去美國一定要加油，不要辜負他！』

辜詠夏的腦中乍然浮現京雅最後的話。

匡啷──

塑膠餐盤與餐盒砸在地上，發出極大的聲響。

辜詠夏垂下眼瞼，死盯著因他突然起身而灑了一地的飯菜，隔壁的旅客也被菜潑及，驚嚇地放聲尖叫。

「這位客人，您還好嗎？發生什麼事了？」

空姐見到有騷動，急忙上前關心。

「我要下飛機！」辜詠夏說，聲音乾澀而沙啞。

「什麼？」

空姐一聽，臉色驟變，以為自己聽錯了。

「我要下飛機，讓我下飛機！」辜詠夏突然狂吼起來。

「這、這位乘客，我們已經起飛了！」

「讓我下飛機！！」辜詠夏咆哮著，直往機艙門衝。

「這位乘客請您冷靜一點，來人啊，這裡需要支援！！」

就在宰詠夏手勾到機艙門的前一刻，被兩名空少制伏，箝制在沒有人的座位上。

他不再抵抗，只是把頭埋在窗框上不停顫抖著。鼻頭泛起了酸意，淚卻流不下來。宰詠夏的胸口像是遭到無數支長釘紮入一般，心痛又心酸，兩手的拳頭握得死緊，指尖都掐出慘白。

他終於明白自己是被江成允深深愛著的，也終於知道在異國海邊的吻有多真心，同時也羞愧自己以為的愛有多麼膚淺。

『適時地跳脫演員身分，以觀眾的視角客觀地看自己的作品。畢竟我們認為演得很完美的地方，或許對觀眾來說很難理解也不一定。』

他想起江成允在剪片室裡說過的話。

如果說承接演員情感的是觀眾的話，那承接宰詠夏感情的人便是江成允。

他有好好確認他的感受嗎？

如此思考著，宰詠夏的心臟泛起一陣痛楚。

宰詠夏以為身軀相疊，擁有肌膚之親那就是愛；以為隨侍在側，互相陪伴那就是愛。他沉浸在自己付出的愛裡，忘了適時退出來，看看所謂的愛，這份情感的全貌。

高空氣流摩擦機身金屬的沙沙聲，侵占了宰詠夏的耳膜。機身衝破了雲層，平駛在晴朗無雲一片蔚藍的高空中，從窗戶眺望出去，陽光折射在無盡汪洋上的光點也逐漸清晰起來。

專注於眼前的決定吧！也只能這麼做了。

為了不辜負，對自己付出愛的人。

◎ ◎ ◎

江成允癱在車子後座，不過才半個小時的記者會就讓他身心俱疲。

車裡灌木精油的芳香完全紓緩不了江成允心裡的疲累，他很久沒有那麼累過了。

「累就睡一下吧！你整晚都沒休息。」楚安安邊轉動方向盤，對後座的人講道。

後照鏡中，反照出江成允布滿血絲的雙眼，和暈著淡青的下眼瞼。

「哥，我第一次體會到什麼叫度日如年，真是他X的超久！」

聽見江成允的抱怨，楚安安哈哈哈的乾笑幾聲，接著眉間換上擔憂的神色：

「不過這樣好嗎？你接下來會是場硬戰哦？雖然小夏的新聞一時壓過去了，但之後隨著電影上映，一定還會被掀出來討論的。而且他兩個老婆一定會找上你，本來這幾年她們就在為遺產的事爭論不休了，現在平白無故冒出一個兒子，還是長子，現在鐵定是兩個頭四個大。」

「哼。我沒差，我從來就沒有要拿他什麼，他從前有的，我一樣也不少。」

江成允鼻間一聲冷哼，無所謂地回。

「也是啦！只是這次風波不知會演變成什麼樣子……其實我覺得，還有其他方式可以澄清，公開原本的錄音檔也是條選擇，真的沒有必要拿自己來擋。」

「那沒有用，重複公開錄音只會混淆大眾，而且一定愈演愈烈。」

「也是，接下來你打算如何呢？」

「管他的，兵來將擋水來土淹，見招拆招吧。」江成允說著，沒來由地勾動唇角。

眼前浮現似曾相識的光景，只是少了另一個人的身影……

此時，手機在口袋震動，撈起一看，是京雅傳來辜詠夏的飛機已順利起飛的訊息。

還好，一切全照預想的一樣，沒有任何媒體去騷擾辜詠夏，左右他的意志。

江成允把手機按在胸前，身軀一軟，橫躺在後座上。

他腦中頓時閃過許多畫面，從小到大，媽媽牽著他一起等在車站前的畫面、他第一次參與角色試鏡的事、他受傷後坐在機車上，緊靠著辜詠夏的時候。

如跑馬燈的畫面飛快閃過他眼前，接著畫面停格在辜詠夏獲得導演喝采的第二十四場戲。

不知道那決定赴死的臥底前輩，和媽媽是否是一樣的心情。他們犧牲了愛情、犧牲了生命，只為成就對方不確定的未來。

江成允想著想著，閉上了眼。

隱隱約約，似乎能體會媽媽當年決定放手的心情。

「噯！哥……」過了一會兒，江成允淡淡喚了一聲前座的人。

「幹嘛？」

「我想……我或許……真的很像我媽吧？」

「你現在才知道啊？」楚安安瞥了一眼後照鏡。

「哈哈！」江成允乾笑幾聲，「到家叫我，我累了。」

楚安安點頭，「睡吧。」

江成允舉起手臂壓在眼睛上，藉由遮光的舉動來掩飾早已奪眶的淚水。

他活到今日都在不停揣摩劇本故事中人物的情感，演出他人空想的人生。

那他自己呢？沒有劇本引導的真實人生他該如何演出？他人生續集的劇本又在哪裡？

楚安安輕輕點開廣播，清晰悅耳的古典樂符舒緩悠揚在空氣中，理性與感性交織出忽高忽低的旋律，悄悄遮疊住江成允像受傷鳥兒般孱弱的哭泣聲。

尾聲

——一年後——

有點微涼的三月，路上行人都還裹著早春的防寒外套，唯有京雅一人上身脫得只剩背心，在熱鬧的市區狂奔。

京雅滿臉猙獰，一路從市民大道口手刀衝刺，狂奔往市區某間五星飯店。

今天是江成允新電影的開鏡儀式，兼久違的粉絲見面會。

正所謂塞翁失馬焉知非福，原先是帶著覺悟，自爆私生緋聞的江成允，沒想到反而豎立起自立自強不靠爸的星二代形象。也因為這樣，不管是演藝工作、公益、廣告，各方代言邀約不斷，江成允變得更忙了。

而當初製造消息，炒作新聞的乾妹妹也被眼尖的鄉民認出來，就是在醫院與辜詠夏發生爭執的女子。現在只要有手機，人人都能當狗仔，乾妹妹萬萬沒想到自己在醫院自摔、誣賴辜詠夏的影片遭人錄影，事後被鄉民放上網路。原先要報復辜詠夏給她難堪的狗仔計畫，反倒成了搬石頭砸自己的腳，間接害死自己。不但電影沒有她的份，還被製作公司要求高額賠償，乾妹妹在警局前失控地哭鬧一場後就此神隱。

而影視圈內，在江成允與姜銃盛的父子關係曝光後，居然蘊生一股翻拍風潮。姜銃盛的巔峰之作「MAFIA」不但請知名導演執鏡，參與的演員都是重量級之外，男主角更特別聘請江成允擔綱。

兩代影帝父子的隔空之作，成功在演藝圈掀起話題新浪。

身為江成允大粉絲的京雅，怎麼可能錯過難得的電影訪問和粉絲見面會呢？京雅死纏爛打，哀求楚安安幫他保留第一排的位置，昨晚楚安安還特別叮嚀他不准遲到呢！結果？

搞什麼鬼！為什麼機車好死不死，早不壞晚不壞，偏偏挑今天壞？偏偏還忘了帶錢包！真是見鬼了！

京雅瘋狂奔馳，就在他氣喘如牛，終於抵達飯店大廳時，電話驟然響起。

『小京！活動已經開始了！你到——』

楚安安催促的怒吼從電話另一頭炸開。

「安哥！發生大事了！你要幫幫我！」京雅不等楚安安開砲，先發制人大叫一聲。

『呃？大、大事是？』

電話另一頭的楚安安原本準備臭罵京雅一頓，反倒被對方的開場白嚇到，正當想繼續問下去時，京雅飆汗如雨、狼狽的身影現身在飯店走廊上，用蠟拋得晶亮的地板還害他滑了一大跤。

「小京，你說大事到底是什麼事？」

楚安安掛上電話，快步朝摔個狗吃屎的京雅走去。

「哎呦，痛死我了……」京雅扶著屁股，趴在地上唉個哭天搶地，「安哥！我告訴你，我今天真是有夠衰的，機車騎到一半突然就壞了，本來想搭計程車，又發現錢包沒……哎呀呀呀！我不是要講這個啦！真是的，我在幹嘛？」

京雅彎著腰，喘噓地抱怨到一半，又自己狂搖頭，一個人看起來怪忙碌的。

「你現在是在表演單口相聲嗎？」看著京雅一人自導自演，楚安安狐疑地問。

「才不是呢！我是要你看看這個！」

屁股痛之餘，京雅一股腦地狂搖頭，急著從包包裡取出一個紫色的小盒子，遞給楚安安，眼神又是後悔又是懊惱。

「這是……」楚安安接過盒子，表情明顯不解。

那盒子約一個拳頭大，雖然小巧，但拿在手上卻略沉一些。

這是辜詠夏在登機前交付給京雅的東西，雖說辜詠夏表示要把東西退了，由於盒子裡的物品頗有價位，京雅也不敢擅自處理，帶回家後就一直擱在辜詠夏的桌上。有大半年他都不曾有過打開那盒子的念頭，今天卻不知怎麼地，出門時偶然瞟了一眼，莫名升起想探探裡頭的慾望。

怎知裡頭除了他替辜詠夏買的東西之外，還放著另一個物品……

打開方盒，楚安安瞬間眉頭深鎖。

「安哥，我知道這東西本身不值什麼錢，但是那對詠夏哥和小成哥來講，一定有超乎想像的意義。」

是的，一定有非常重大的意義在，不然詠夏哥不會想帶它出國……雖說詠夏哥最後打消了這個念頭。

京雅想著，稚氣未脫的臉龐露出難得焦慮的神色。

「……怎麼辦，安哥？是不是來不及了？詠夏哥出國都已經一年過去了，可能早就……早就放棄了小成哥也說不定，他們彼此錯過……一切都怪他太晚發現了。」

京雅愈想愈難過，兩顆斗大的淚珠懸在眼眶邊。

楚安安盯著盒子裡的東西，眼神浮上一絲堅毅，蓋上盒子對京雅說，「一點都不晚，小京。你沒聽過，所有的安排就是最好的安排這句話嗎！」

京雅抬頭，看著神采飛揚的楚安安。

「小京，你現在馬上聯絡辜詠夏，其他的交給我。」

「現在？」現在佛羅里達是早上八點四十五耶，詠夏哥早就上工了！

「對，現在！」

「詠夏哥上工不帶手機的。」京雅說。

「不管，現在聯絡就對了！無論用什麼方法，給我在十五分鐘內聯絡到他，要是聯絡不到，那就真的來不及了！」

身在便捷的時代，網路成就了許多不可能，它拉近人與人的距離，卻也能阻隔人心。

這一年來，楚安安何嘗好受過？

從自曝身世那天，江成允在車上哭過之後，他就再也沒展現過任何私人的情緒，以往在家人面前才顯露的驕縱都沒有。

他全心投入工作，把自己包裝成一個又一個戲劇裡的角色。有剛毅的、深情的、天真的、優柔寡斷的，江成允飾演了各式各樣的人物性格，賦予角色鮮活的生命，唯獨沒有活出他自己。

看著表弟不斷用工作把自己塞滿，做哥哥的看著，心裡也心疼不已。

然而這些日子，唯一讓江成允眼裡流出滿足神態的時候，是他在看辜詠夏ＩＧ的時候。

隨著辜詠夏一張張紀錄生活的照片，江成允知道他在地球的另一端活得很好，也憑著自己的努力在一部科幻劇裡爭取到一個小角色。

雖說只是個小角色，但在嚴苛的歐美影視圈裡已經十分不容易了。

每每夜深人靜時，江成允只是選擇凝望小小的螢幕，不再有更進一步的聯繫，彷彿他只要知道對方還活著就足夠似的。

近鄉情更怯，在能靠網路得知對方動向的同時，也漸漸失去開口問候的勇氣。

江成允與辜詠夏兩人就這麼懸在那裡。

不算退，卻也沒有前進。

人生有時一轉身就是盡頭，真的不能再錯過了，更何況今天是特別的日子。

沒等京雅回應，楚安安立即拉起耳麥下令，「請場控注意，這裡是藝人經紀……」

被楚安安激勵，京雅終於展開笑顏猛點頭，鼓起勇氣拿出手機，按下一串海外電話號碼。

就算英文很破又怎樣？同樣是出生在地球上的人，總是有辦法溝通的！古人不是說了嗎，條條大路通羅馬！

◎　◎　◎

「Happy Birthday——！」

江成允滿臉笑容地站在三層彩色的奶油蛋糕前，在祝賀聲中象徵性地切下第一刀，與粉絲歡慶生日。

今天是新電影開鏡的日子，碰巧與江成允的生日會是同一天，於是經紀公司特地為江成允辦了開鏡儀式兼生日粉絲見面會。

江成允在生日會上與粉絲熱情互動，主持人靈巧的說話功力很能帶動現場，氣氛沒一秒冷場，生日會上笑聲不斷，熱鬧非凡。

「非常謝謝特地前來參加小成生日會的粉粉們，當然除了現場的朋友，我們也有很多無法前來的粉絲在線上祝福我們小成，謝謝大家今晚的參與，陪小成過難得的生日。」

主持人說話之際，江成允也張開雙手，給抽到上台資格的粉絲一個大大的擁抱，這也宣告著今晚的生日會活動即將進入尾聲。

然而，就在目送最後一位上台的粉絲回位子時，主持人突然望向江成允說：

「大家也知道，我們小成前些日子經歷了一些風浪，為了感謝粉絲們的不離不棄，我們稍後會隨機選出三位在線上觀看生日會直播的粉絲進行視訊互動，沒來的粉粉們也不用扼腕，還是有機會跟小成一對一視訊喔。」

聽見主持人這番話，江成允不禁在心裡錯愕一陣。

與粉絲視訊這個活動並不在流程表上，彩排的時候也沒有這一環。他有些疑惑地看著在台下與場控交頭接耳的楚安安，不過無論楚安安還是助理，都沒人對他打暫停的手勢，江成允也只能微笑著繼續進行下去。

「在線的各位！準備好您的手機了嗎？」

只見主持人對鏡頭歡呼一聲，隨後在活動的電視牆上跳出三列字符。那些字符宛如拉霸遊戲不停上下轉跳，直到江成允開口喊停，所有的字符才停止輪轉，接連顯示出三組打碼的ＩＤ。

「大家注意了，我們即將與第一位幸運兒連線。」主持人歡聲預告著。

第一個粉絲是個即將考研究所，鼻梁上架著厚重鏡片的女孩。

知道自己可以跟江成允個別互動時整個人彈出椅子，心喜若狂地又叫又跳，激動之情在螢幕上表露無遺。

江成允親自感謝女孩在繁忙的大考之餘一起幫忙慶生，祝福她金榜題名，並和女孩道晚安。

與第一個粉絲溫馨道別後，江成允接通第二個帳號，豈知一接通，會場就充斥無理的謾罵。

沒想到第二個紛絲居然是名符其實的黑粉！

『你有沒有良心啊？我管你喜歡男的還女的，你身為藝人拿的就是女粉絲花的錢啊，你居然拿我的錢去跟別人談戀愛，你到底有沒有職業道德……』

「呃，這位小姐，我們希望粉絲們會更加關注小成的作品喔……」

主持人急忙跳出來打圓場，豈料是火上加油，黑粉整個暴怒。

『所以你這什麼意思？是說我就不是你粉絲嗎？告訴你，你演每部戲的DVD我都成套成套的買，我多喜歡你、支持你。竟然不知道我名字？你女人不搞，搞男人？你……』

黑粉繼續槍火砲轟、飆罵，愈說愈離譜，讓江成允與主持人難以招架。雖然場控緊急切斷通訊，但原本熱鬧的現場一下子陷入死寂，台上台下氣氛尷尬。

「哎呀沒關係，剛剛那位粉絲真的太喜歡我們小成，才會興奮到失去理智，不知道自己在說什麼。主持人在這裡呼籲各位粉粉們，看到偶像再怎麼激動都要保持氣質喔！」主持人發揮主場功力，把場面硬是轉回來，「接下來我們連線最後一位，不好意思！讓第三位粉粉久等了！」

電視牆的畫面輪轉到第三個帳號。

江成允不安地看了台下的楚安安一眼，整理好呼吸，準備迎接下一位可能是黑粉的粉絲。

意外的是，第三個帳號接通後不但沒有人影出現，映在電視牆上的，是一片鑲著極簡設計的嵌燈，以及潔白的天花板。

正當大夥一頭霧水的同時，會場喇叭傳來第三組帳號主人的聲音。

『Hi，江先生。』

是位年輕男士的嗓音，聲音聽上去抖擻精神，音調十分舒服。

「你好，這位先生，我能看看您的臉嗎？」

江成允舉起麥克風問，他總覺得這名男子的聲音有股熟悉的感覺。

『江先生，我非常樂意與您分享我的長相，可是我有個朋友也是江先生的影迷，他比我還要喜歡你，所以我想把面對面的機會讓給他，江先生覺得ＯＫ嗎？』

此時，電視牆上的畫面晃動了一下，似乎是對方動到了手機。畫面的邊角照出一扇窗，窗外頭晴空萬里，顯示出對方的時區是上午。

「當然沒問題，我很開心您的朋友也很喜歡我，請問他在您身邊嗎？」

神祕的第三個粉絲勾起江成允的興趣，他主動反問道。

『非常感謝您，他就在我附近，請江先生等我一下。』

擁有好聽嗓音的主人說完後，畫面開始移動，在場上百隻眼睛全神貫注地黏在電視牆上，好奇這位粉絲會帶領他們到何處。

畫面顯示出手機的主人走出原來的空間，進入電梯，不久後走出外牆噴著淺灰洗石的建築，接著是一片清爽的藍天，在行進的過程中，偶有幾朵蒲公英乘著風飄過鏡頭。

對方所處之地吹著溫暖的輕風，彷彿透過畫面傳達到粉絲會的現場，像在觀看一場微電影。

全場屏氣以待。

下一秒，一扇暗藍的高聳鐵門映入眼簾。

江成允剎那間身軀僵直，原本緩流的血液一下子全往腦部激竄。這扇門，讓本該平靜的心跳漏了整整兩拍，江成允不自覺地屏住呼吸。

他看過這扇門，在辜詠夏的IG照上。

這是佛羅里達特效攝影的片場大門！

「Ron？」江成允的聲音因驚訝而顫抖。

『Hi江先生，你終於認出我了。』會場迴盪著Ron清爽的笑聲。

「怎麼會……」

江成允倒抽一口氣，用麥克風收不到的細微音量小聲呢喃著。他棕色的雙眸凝視著斗大的牆面屏幕，畫面中片場大門被拉開。

這扇門彷彿專為江成允而開。

只見片場內的空間很大、很安靜，場中央架有幾台攝影機，正環繞著一群演員取鏡。

隨著Ron的腳步愈走愈近，演員們的容貌也愈漸清晰。Ron沒有出聲打擾正在進行拍攝的劇組，只是將畫面定格在某個演員身上。

那位演員的背脊非常挺拔，重心穩健，由內而發出一股堅忍的力量，即使身立在一群歐美人之中，氣勢也絲毫不遜色。

他沒有變，唯一的不同是一頭側推俐落的短髮，留長到可以在後腦勺紮出一束小辮子。是辜詠夏。

真的是他。

鏡頭裡的他心無旁鶩，完全沒有察覺自己被人側拍，他與對手演員一遍一遍地磨合動作、一次一次地重複走位。他的眼神專注而認真。

江成允立在原地動彈不得，血流的聲音在耳邊嗡嗡作響，胸腔內躍動的心跳也愈來愈強、愈來愈急。

這時，會場上開始撥放起熟悉的對話聲。

突如其來的黑粉事件已經讓江成允暈了一次，看到辜詠夏的身影更讓江成允傻住了。等他回神才赫然發現，會場撥放的是他與辜詠夏，還有京雅在那一天在吸菸室裡完整的對話錄音。

『……或許我們生活的國家對同性戀情非常包容，但你要知道，別的國家不是那麼一回事。在世界很多地方，同性戀這個詞還是帶有貶意的。』

『可是、可是……』

『我們都不能保證他出去會遇到什麼人、什麼事，辜詠夏不能還沒跑就摔在起跑點。既然有機會出去發展，那還是乾乾淨淨的出去對他最好。帶著另一半是男人、或是另一半在亞洲是有頭有臉的人的印象，都會讓他遭人厭怨或遭人妒……這些對他都是沒有幫助的。』

『小成哥……那也不必說得這麼狠啊……』

『這就表示我太過專業了對吧？在這麼糟糕的情況下，我還是能演一齣好戲。』

錄音結束，電視牆的畫面上接著秀出一行字：

『我用了最無謂的理由，推開我最愛的人。』

台下粉絲們聽到、看到，無不一陣譁然。

決定離開，也是種愛。

這是江成允的媽媽以身作則，為愛付出所做出的決定。即便媽媽從來沒有表明自己主動的離開是一種愛，但這份心意依然在潛移默化中傳給了兒子。

「小成哥。」

背後突然傳來京雅微弱的哭音。

江成允轉頭，望向聲音的來源，只見京雅捧著一個紫色的盒子跨上台，走到江成允面前。

「小成哥……這東西原本是原本是詠夏哥要給你的，只是後來沒機會。」京雅不安地頓了頓，「……希望，現在交到你手上還來得及。」

江成允猶疑了一下，接過盒子戰戰兢兢地打開。

裡頭是一隻雙翼貼著金箔，看起來十分貴重的蟬型胸針。胸針的旁邊，放著一綑皺得不成樣，土灰色的紙捆。

「天啊……怎麼會……？」

淚水無預警地奪目而出，說話的聲音止不住顫抖，江成允緩緩伸出手，拾起那捆被水泡過，發脹變形的紙捆。

那只夏蟬的胸針，是他參加慈善晚宴時辜詠夏替他別上的胸針。而那捆泡水變形的紙捆，是他掉到水溝，以為再也找不回的紙膠帶。

「怎麼會……？」

這卷紙膠帶怎麼會出現在這裡？辜詠夏又是怎麼找到的？

熱淚汨出，模糊了江成允棕色迷人的雙眼。他失去了嗓音，嘴一張一合吐不出話語。他嗚噎抽氣著，將盒子與膠帶深深地抱在懷中。

電視牆裡的演員們散開，像是進入休息時間。此時，鏡頭裡的人轉身，終於發現自己入鏡。只見辜詠夏叫了一聲 Ron 的名字，笑著走過來，卻在隔了幾步之遙時定住身軀，似乎終於發現 Ron 手機螢幕上的畫面，臉上的微笑瞬間轉成錯愕。

粉絲會的現場也有人紛紛認出電視牆上的人就是辜詠夏，驚得台下一陣騷動。

辜詠夏及江成允，相隔幾萬公里的兩人，此時透過螢幕瞬間近在咫尺。

『……小實？』

對方的一聲叫喚，讓江成允徹底潰堤。

那是他朝思暮想，留戀已久的嗓音。

在驚愕了幾秒後，螢幕上的辜詠夏笑了，他隨手拿起一旁的打板埋頭寫了幾個字後，反轉亮在胸前：『**等我好嗎？**』

等我
好嗎？

這一刻，一切都已不需言語。

「等他！」

「等他！拜託等他！」

「答應他啦，答應他——」

「請小成一定要等他！」

不知是哪位粉絲率先喊話，台下其他粉絲聽見後一齊助陣，打氣呼喊，每個人都衷心地祝福著。

兩行熱流滑過臉頰，滴落在江成允手上那一個小小盒子裡，含著鹽分的淚水糊散了紙捆上早已模糊不堪的圖樣。

「天啊……你的字好醜喔……」過一會兒，江成允咬字不清地吐槽。

『你看得懂就好。』

螢幕上的辜詠夏展露出爽朗的笑容，開心地回答。

第一次在鏡頭前，沒有劇本的指示，沒有導演的引導，沒有對手演員呼應的演技，江成允流下了發自內心欣喜的淚水。

或許遠在多年前的那個夏日，在那場午後雷陣雨裡，他的心早就跟著那隻夏蟬，一起被捕獲了。

番外

「走開，限你五秒以內消失在我面前。」江成允冷著一副臉命令。

「小實……我只是想給你個驚喜……」

「我不認為這是驚喜。」

「我不是故意的，是我思慮不周。求求你出來好嗎？」

宰詠夏立在車門旁，輕敲著玻璃哀求。

「我說了，走開！」

江成允盛怒的音調穿出車板五金，車窗貼了防窺的隔熱紙，使宰詠夏無法得知江成允現在的表情。

但估計，絕不是和顏悅色的面容。

宰詠夏持續敲了一會兒車窗，仍沒有得到回應後默默地退離。

坐在車裡的江成允眼見宰詠夏當真離開，鬱悶的心情更加雪上加霜。

「太過分了，這個人……真的這樣走掉……」江成允怒火中燒，氣得渾身顫抖，狠狠踹了前座的椅背洩恨，無辜的椅背發出嘎吱的慘聲。

江成允盯著被自己踹到前傾的椅背，鼻尖不禁微微泛紅起來。

怎麼會這樣呢？今天本來是翹首期盼，和辜詠夏見面的日子，本來應該很開心的……怎麼就變成這樣了呢？

◎ ◎ ◎

自從辜詠夏離開台灣到國外接戲，與江成允斷聯近一年，雖然彼此都有在社群上互相關注，卻遲遲沒有更進一步的發展。

直到兩年前，在友人及影迷們的幫助下，兩人才終於突破心牆正式交往。

不過就算是正式交往，江成允和辜詠夏都因各自戲約、行程，不斷錯過見面的時機，沒想到這一耽誤竟就過了兩年。如此加加減減下來，他們已經三年沒有真實見面了。

即便每周兩人都會抽出時間視訊聊天，但是思念之人的溫暖懷抱與觸感，哪是冰冷平面的手機比得了的？每每結束通話，環繞著江成允的都是一股說不上的寂寥。

因此在最後的戲約殺青後，他毅然決然對外公布息影一年，楚安安也相當樂見，立刻替江成允訂了最快的機票。

忐忑地度過十幾個小時的飛行，終於風塵僕僕下飛機之時，江成允卻突然接到辜詠夏傳來的訊息——因為有幾場戲臨時要補鏡頭，他無法親自來接機了。

江成允雀躍的心情立刻被澆了冷水。雖然不免失落，可他知道這也是沒辦法的事。與負責來接機的黑人司機簡單打過招呼，江成允便上了車。

辜詠夏傳訊息的時間，剛巧是江成允上飛機後不久的事，現在都過了十個小時，現在應該拍完了吧？江成允在心中盤算著時間，試著傳了幾條訊息出去，可都無音訊。

他焦慮地緊盯對話框，好不容易等到對方已讀了，卻沒有回。連一個歉意的貼圖都沒有……後來江成允不管是傳訊息還是打電話，辜詠夏皆沒有回音。碰到這樣的情況，江成允本來上揚的嘴角漸漸垮了下來。

或許是感覺到後座僵硬的氣氛，司機試著開了幾個話題，企圖與江成允搭話活絡氣氛，但都被江成允迴避掉了。

他知道司機的好意，可他此刻完全沒有聊天的閒情逸致。

不久，車開進了市區街道。今晚是平安夜，路上店家霓虹閃爍，街上人來人往的人們都掛著開心的微笑，享受這難得與人團聚的重要日子。

江成允躊躇了一會兒，撥了通電話給辜詠夏，想問他今夜是否有機會一同晚餐？但在電話直接進入關機狀態後，江成允的眼淚不爭氣地滑落下來。

江成允悄悄用袖口隱去淚珠，放下車窗，感受異國的人煙。現在的他必須盡力感受人群的氣息，否則他的心真的太孤獨了。

原本以為能馬上見到面，誰知道……

辜詠夏現在在做什麼呢？究竟收工了沒？現在跟誰在一起？與誰交談著什麼話題？

這些江成允一無所知。

意識到自己即便與辜詠夏踏在同一塊土地上，卻仍舊不了解對方時，江成允的胸口沒來由地泛起絲絲酸楚。

這是忌妒的感覺。

他知道自己忌妒那些能夠占有詠夏時間的人。

即便江成允不停安慰自己，過去三年的時間都忍了，接下來有一年的時間可以與辜詠夏好好相處，多等待這幾分鐘不算什麼。

但……刺痛苦澀的感覺仍然爬滿了他的胸口。

江成允焦躁地不停摩擦手掌，他厭惡胡思亂想的自己，但他抑制不住滿出心頭的不安。

機場到辜詠夏的住家車程約兩個小時，這段時間江成允坐立難安，度秒如年。

車子開離鬧區，彎了幾個街口，接著駛近辜詠夏的家門前。然而辜詠夏家中窗戶一片漆黑，明顯人還未回到家。見到自己無人迎接的淒涼狀況，江成允的肩膀不自覺縮瑟了一下。

看來今夜是我一個人度過聖誕節嗎？

江成允吞了吞喉嚨，心裡沮喪地想著，失落的情緒又低了幾分。

進入冰冷的車庫，黑人司機替他打開車門。江成允微微點頭示意，就在即將跨出車門的那一刻，他的頭頂傳來小禮炮的聲響，還有辜詠夏溫暖的嗓音。

「小實！歡迎你來，聖誕快樂！」

剎時，江成允瞪大眼，詫異望著頭頂的黑人司機。

只見司機取下墨鏡，露出那雙江成允日思夜想的眼眸。

「你！」

是辜詠夏！

「這是給你的驚喜。怎麼樣？我有進步吧？變裝加演技連你也沒認出來呢！」辜詠夏抹去臉頰上的油彩，並順手摘掉司機帽與假捲髮。

「你居然騙我！」

此時江成允音含微怒。

聞言，本來略顯得意的辜詠夏頓時身軀一僵，發現自己惹怒了對方。

「我並不認為這是驚喜。你就這樣看著我心急，看著我哭，整整兩個小時不理睬我？」

「不是的。我也想回你訊息，但在開車沒辦——」

「不是那個問題！！」江成允飆怒大吼，「我們分開那麼久，我那麼想你。我不顧一切息影來到這裡，你卻故意晾著我那麼久！」

「我不是故意的。我只是想讓你看看我的演技，讓你認同，讓你知道你推我一把的決定沒有錯而已。」辜詠夏焦急地解釋。

「所以呢？」江成允怒視眼前不知所措的人，「所以現在是你的演技變好，我該感到自豪？還是該對分開多年，沒有認出你的自己感到羞愧？」

江成允又羞又氣，多種複雜的情緒加疊，使他話語抖得模糊。

「這小實、我……」

「你根本就不懂我的心情！這兩個小時我多麼壓抑，多麼痛苦。明明可以見卻不能見！你根本就不知道我多麼想觸碰你！」江成允聲音漸漸嘶啞，最後懦聲委屈道，「難道……想馬上擁抱對方的人……只有我嗎？」

「不是的！我——」

「夠了！滾開！」

不給辜詠夏有解釋的空間，江成允一把搶過車鑰匙縮回後座，賭氣似的把自己反鎖在車內，還發狠踹了車內座椅一腳。

無論辜詠夏怎麼求饒拜託，他不出來就是不出來。

見哀求了一會兒也沒有回應，辜詠夏只好落寞地走到車庫堆放雜物的角落，先把身上的巧克力妝彩抹去。

遭隔絕在外的辜詠夏又何嘗不渴望觸碰江成允呢？

這一千多個日子以來，他每天都想著他，每夜握著手機入睡，深怕錯過江成允任何訊息。

沒料到他想給江成允一個驚喜，急於展現自已的成長給江成允看的安排會弄巧成拙。

辜詠夏無奈地呼了口氣……殊不知過了三年，自己依然不成熟，這次又沒好好設想江成允的心情。本是開心的相逢，卻被自己搞僵了，真是始料未及。

辜詠夏思考著，拿出手機傳了條訊息給江成允。

『小實，我想去廁所，你能夠把刻有G字母的鑰匙拔下來給我嗎？』

「哇！」

車裡的江成允看到訊息，不悅地低咒一聲，但還是將車窗降下一條縫，不情不願地把鑰匙遞出來。

聽見車窗降下來的聲音，辜詠夏笑了。

他就知道，江成允生氣歸生氣，但是絕對不會不理自己的。

「小實謝謝你。」辜詠夏接過鑰匙一臉滿足。

「注意，我並沒有原諒你。」

「我知道。」

「哼！」

江成允抽回手，重新升起車窗，就在這時，他發現自己的無名指節上多了一圈銀色的細線！

那是一環雕工精良的銀戒，上頭鑲崁一顆細緻耀眼的彩鑽。

「什、什麼時候套上去的……」

江成允震驚地摀著嘴，難以置信盯著自己的手指呢喃。他猛地轉頭看向車窗，只見辜詠夏並未離去，而是透過還未闔上的車窗靜靜地凝視著他。

辜詠夏緩緩開口：

「對不起，我搞砸了，沒有想到你的心情。我有好好反省了。」辜詠夏把手指伸進車窗的縫隙中，渴望再次觸碰那牽動他全部身心的人。他英氣的雙眉微微下垂，感慨萬千的對江成允說：「雖然我們的交往跳過了很多步驟，但我是真的想給你一個驚喜。拜託……讓我抱抱你好嗎？」

他誠心懇求。

一句「讓我抱抱你」，一箭穿入江成允的心，他哪有辦法再僵持下去。下一秒車窗降下，江成允邊罵邊探出身，一把摟住辜詠夏。

「王八蛋！！不要讓我等啊！」

辜詠夏笑了，他緊緊環住江成允的身軀，伸手巧勁一托，俐落地將江成允抽出車窗，把他整個人攬入懷裡。他將頭埋進他的胸前，大力吸取江成允獨有的香氣。

那好久不見，令人思念的味道。

「對不起，是我錯了。」

「本來就是你的錯！」

「我發誓，下次不會了。」

「是不會有下次！」

「是是是，不會有下次了。」辜詠夏一面道歉，一面用鼻尖蹭著江成允的脖子和耳垂。

兩人甜膩相擁，感受彼此那久久不曾觸碰的體溫。這次是真真實實地擁抱著彼此，終於不再是隔著螢幕觸摸毫無溫度的影像。

歷經三年的淬鍊，辜詠夏的身材結實了不少，胸膛變得厚實，身高似乎也抽高了一點，如今的江成允要微微抬頭，才得以與辜詠夏對視。

近身感受到愛人更加成熟的變化，江成允不禁心跳加快，而更讓他胸腔劇烈震動的，是抵住自己下腹的硬物。

「你太心急了吧。」

「抱歉，我也想按部就班，但是這種事有點難以控制……」辜詠夏解釋著，聲音開始沙啞厚重起來。

「幹嘛道歉？我也難以控制啊……」

久未與人有過親密接觸的肌膚敏感地滾燙起來，江成允往辜詠夏的身軀緊靠一步，好讓他感受自己渴求慾望的信號。

炙熱的唇瓣四片相疊，藉此相互獲得更多對方的訊息。辜詠夏捧著江成允的臉頰，纏吻得分不開身，下腹越加緊繃漲痛。

嚴峻的冬夜中，兩人的體溫以異常的速度攀升。

「去床上……」好不容易得到了呼吸的空隙，江成允醉眼迷離地說。

◎ ◎ ◎

然而，事實上根本到不了二樓臥室，兩人在樓梯間就已一絲不掛，凌亂的衣衫沿路散落，辜詠夏更只剩條領帶垂掛在胸前。

「房間……在哪裡？」江成允暫時離開令他沉淪的雙唇，微喘著氣問。

整路上，辜詠夏的唇都沒有離開江成允的肌膚，他一面舔舐著他胸前因情慾發腫的乳尖，一面含糊地應答。

「二樓廊底。」

好遠。

江成允咬著下唇，心中牢騷著。他蹲下身軀，張口往辜詠夏肌肉迸張的下腹含去，對方濕潤的前列腺液沾滿了他的軟唇與鼻尖。

而辜詠夏蓄勢待發、硬挺的性器忽然被溫熱的口腔緊吸，瞬間舒服到差點被迫繳械。

感受到在嘴裡昂揚的男根青筋跳動，江成允的唇緣勾出滿意的弧度，他一把拉住辜詠夏的領帶，帶他順勢滑坐在階梯上，並將一雙長腿架在辜詠夏強健的雙肩，邀請他進入自己。

「在這裡？」

「你讓我等了兩個小時，難道要我再等幾分鐘？」

雖然樓梯的台階抵得江成允背脊刺痛，但不論此刻他位處沙漠還是針海，江成允根本難以忍受再多的等待。

「但——」

「都說了不要讓我等！」

江成允執拗要求。

聽見愛人執意的邀請，辜詠夏再也無暇顧及場合，他兩眼一沉，用充滿男人味的語調在身下愛人耳畔低喃：

「嘖，我才是等不了的人吧。」

緊接著，他倒吸一口氣，將自己粗挺的下身抵上江成允被大量前列腺液染濕，蠢蠢欲動的穴口。

感受到硬物擠入狹窄的體腔，江成允忍不住呻吟一聲。同時辜詠夏腰臀一挺，碩大的莖幹頓時貫穿江成允體內，辜詠夏的前端剛突破緊窄的肉壁，便立刻頂到江成允最嬌嫩敏感的嫩肉上。

「唔嗯……」

被摩擦到的位置又麻又癢，江成允嚶嚀一陣，難耐地喘不過氣，只能仰著頭大口呼氣。然而辜詠夏沒給他一絲喘息的空間，他兩手抬起江成允的腰，好讓他減少與樓梯的擦撞，一方面托高江成允的下盤，方便自己紅腫的男根能完整進入他緊實幼滑的體內。

「你看，我一直記得你的位置……」

辜詠夏喘著氣，用極其魅惑的啞嗓宣告著江成允是自己的所有物。江成允瞬間腦袋刷白，被眼前男人專有的性感音質哄得發愣。

就在這一刻，宰詠夏開始擺動臀部，猛力抽插起來，隨著肉體淫靡的撞擊節奏越發強勁，江成允細微曖昧的嚶嚀聲，逐漸轉成放蕩的喊聲。

「唔啊……啊！嗯呀！啊——啊——」

每承受一次撞擊，江成允的腦袋就暈眩一次，下體強烈的刺激讓他不自覺地弓起腰部，渾身打顫。他雙手緊緊攀著樓梯欄杆，兩腿大開，貪求宰詠夏給予更多更強烈的慾望。

兩人結合的地方黏稠一片，在一陣深入的搗弄下，江成允的性器噴濺出乳白的黏液，不過宰詠夏並未放過他，反而加重力道，將自己的慾望不斷往江成允的窄臀間壓送！

「不、太過——太多了、太——」江成允扭動身軀，試圖躲避令人窒息的歡愉，但徒勞無功。

「你可以。」宰詠夏不讓他拒絕。

「不、等等、等！嗚啊啊——咿啊！」

宰詠夏用力扣住江成允的大腿，不讓他有任何逃脫的空隙，在接二連三不斷的重重頂入下，江成允微軟的男根再次挺立，激射出稀薄透白的液體。緊接著，宰詠夏滾燙濃稠的慾望也跟著澆灌至江成允的體內。

感受到腹部一陣溫熱，瞬間，江成允的腦中嗡嗡作響，他顫抖了幾下，暈厥在過度的快感之中。

深夜，房裡暖氣徐徐，辜詠夏從浴室裡走出來，盯著床上平靜酣睡的人兒，唇角忍不住失守。

他日思夜盼的人終於來到他身邊，還在他的床上熟睡，這畫面他不知道向天祈求了多少遍，今日終於如願以償。

他坐在床沿，愛憐地撥弄江成允的髮絲，過了好一會兒才心甘情願地闔眼。

辜詠夏窩進被子裡，環住江成允的腰準備入睡，忽地，他感覺到手上有一絲冰涼的異感。他機警地抽手一看，赫然發現自己的手指上居然套著一枚簡約的銀戒！

他瞬間呆然，驚訝地盯著手上的戒指。

「這！你裝睡？」辜詠夏指控道。

「嘿嘿。」江成允一個翻身，俏皮地看著面露訝異的辜詠夏，「你以為只有你會給驚喜啊？少瞧不起人了。」

望著彼此手上的戒指，兩人一起噗哧笑了出來。

沒想到他們心有靈犀，江成允也準備了戒指給辜詠夏。

辜詠夏感動得難以言語，他輕輕拉起江成允的手，在戒指上印上深情的一吻。

「謝謝你過來，一年後換我陪你。」

他說出最誠心的誓言。

「說好了，別又讓我等喔。」

江成允作勢鼓起臉頰。

「絕不會讓你等了，你到哪裡我都陪你。」

「我也是。不管你到哪裡，我也會陪你。」

兩人不再說話，只是互相凝視著，嘴角不約而同地露出心滿意足的微笑。

是的，他們要一直陪伴彼此，超越死亡將他們分開的那一天。

——全文完——

高寶書版集團
gobooks.com.tw

FH 008
雨夏蟬鳴 —與你纏綿—
作　　者　柳孝真
插　　畫　飄緹亞
責任編輯　陳凱筠
設　　計　彭裕芳
內頁排版　賴姵均
企　　劃　鍾惠鈞

發 行 人　朱凱蕾
出　　版　英屬維京群島商高寶國際有限公司台灣分公司
　　　　　Global Group Holdings, Ltd.
地　　址　台北市內湖區洲子街88號3樓
網　　址　gobooks.com.tw
電　　話　(02) 27992788
電　　郵　readers@gobooks.com.tw（讀者服務部）
傳　　真　出版部(02) 27990909　行銷部 (02) 27993088
郵政劃撥　19394552
戶　　名　英屬維京群島商高寶國際有限公司台灣分公司
發　　行　英屬維京群島商高寶國際有限公司台灣分公司
初　　版　2021年10月

國家圖書館出版品預行編目(CIP)資料

雨夏蟬鳴：與你纏綿/柳孝真著. -- 初版. -- 臺北市：朧月書版股份有限公司, 2021.10
面；　公分. --

ISBN 978-986-06814-8-2(平裝)

857.7　　110014563